Sternzeichen Liebe

Spot an für Rebecca!

Pascale Kessler

Schneider Buch

EGMONT

Für Y. K. (Stier) … Olé!!!

© 2008 SchneiderBuch
verlegt durch EGMONT Verlagsgesellschaften mbH,
Gertrudenstraße 30–36, 50667 Köln
Alle Rechte vorbehalten
Titelbild: Sandra Engelke
Umschlaggestaltung: Yvonne Skowronek, München
Herstellung/Satz: FIBO Lichtsatz GmbH, Kirchheim
Druck und Bindung: CPI – Ebner & Spiegel, Ulm
ISBN 978-3-505-12472-3

08 09 / 8 7 6 5 4 3 2 1

I

„Einfach ätzend!!!" Seufzend lässt sich Becky auf ihr Bett fallen und schaut gedankenverloren an die Decke. Die Sommerferien sind endgültig vorbei. Morgen wird die Schule wieder beginnen – ohne Claire!

Wieso muss ausgerechnet meine beste Freundin auswandern … nur weil ihr Vater irgend so einen neuen Job in Spanien annehmen musste. Hier lief doch alles ganz prima.

Claire und Becky sind schon seit der Grundschule beste Freundinnen. Was soll jetzt bloß werden?

Becky verschränkt die Hände hinter dem Kopf, ihre Gedanken schweifen zurück.

Ist es echt drei Tage her, dass wir uns am Flughafen in Barcelona verabschiedet haben?

Die zwei Wochen bei Claire waren megatoll: Neben etlichen Einkaufsausflügen gab es reichlich kulinarische Entgleisungen – und Flirts mit glutäugigen Spaniern.

„Vergiss mich bitte nicht gleich, okay?" Becky hatte sich geärgert, dass ihre Stimme so krächzig klang. Das hätte noch gefehlt, dort vor all den Leuten am Flughafen loszuheulen.

„Bist du irre?!" Claire hatte sich um einen lässigen Ton bemüht, aber ehrlich gesagt klang sie auch nicht besser. „Wir sind und bleiben ein Team!" Mit diesen Worten hatten sie sich noch einmal innig umarmt.

Dann wurde der Flug aufgerufen und Becky musste sich mit ihrem Koffer in Bewegung setzen …

Wieder kommt es ihr so vor, als hätte Claire ihr gerade eben noch hinterhergerufen: „… und vergiss nicht, was wir besprochen haben!"

Klar: Sie würden sich so oft wie möglich E-Mails schicken und gegenseitig auf dem Laufenden halten.

Trotzdem – ich fühl mich mies und vermisse Claire schon jetzt ganz schrecklich!

Trübsinnig schaut sie zum Schreibtisch: Daneben steht, fertig gepackt, die lila Schultasche mit den coolen Glitzerzeichen, die Claire ihr im Mai zum Geburtstag geschenkt hat.

Normalerweise hätten wir uns heute Nachmittag getroffen und offizielle Kleideranprobe abgehalten, um das coolste Outfit für morgen zusammenzustellen. Aber alleine ist das echt öde!

Da geht Becky lieber – zum großen Erstaunen ihrer Eltern – besonders früh ins Bett, wo sie noch etwas Musik hören und ungestört vor sich hinträumen kann.

Es war einfach so cool in Spanien, ich will da sofort wieder hin ...!

Sie sieht sich mit Claire in Barcelona an der Standpromenade sitzen, beide mit neuer, ultracooler Sonnenbrille auf der Nase ...

Supertoll war das ...

Erinnerung und Traum verschwimmen ... Plötzlich taucht ER auf ...

... setzt sich auf den Stuhl direkt am Nebentisch, die dunklen Haare leicht gelockt, und mit seinen sanften braunen Augen schaut er ernst in ihre Richtung ...

Die kalte, grausame Wirklichkeit sieht leider anders aus: Seit sechs Wochen hat sie ihn jetzt nicht mehr gesehen, und ein kleines Problem gibt es da leider auch ...

Doch daran will Becky jetzt nicht denken ...

... ob ich IHN morgen in der Schule sehen werde?

Mit diesem hoffnungsvollen Gedanken schläft sie endlich ein.

Der neue Mathelehrer ist ja wohl ein echt hinterhältiger Typ! Spaziert erst total locker rein, gar nicht übel aussehend für einen Pauker, fragt nur mal so in die Klasse,

wie's denn mit Mathe steht, und dann fängt der urplötz-
lich an, fiese Fragen zu stellen.

„So, Rebecca, willst du uns nun sagen, wie man das
hier ...", schnell schreibt er eine Aufgabe an die Tafel,
„... in Potenzen mit möglichst kleiner Grundzahl ver-
wandeln kann?"

Tja, von Wollen kann da ja wohl kaum die Rede sein ...
Mathe ist nun mal nicht Beckys Stärke, und sie schluckt
nervös.

Wie geht das noch gleich?
Krampfhaft versucht sie, sich zu erinnern, doch bevor
der Groschen fallen kann, wird auch schon die Antwort
durch den Raum gequakt!

Der Lehrer wendet sich von Becky ab: „Danke ... Lee
nicht wahr? Aber das nächste Mal bitte melden, wie die
anderen auch, okay?"

Becky dreht sich um, und bekommt gerade noch Lees
selbstzufriedenen Seitenblick mit.

Na klar, die schon wieder: kann keine Gelegenheit
auslassen, mir eins reinzuwürgen, um selbst gut dazu-
stehen.

Becky kneift unwillkürlich die Augen zusammen.

Diese langen blonden Zausellocken sollen wohl inte-
ressant wirken, genau wie der schreiend pinke Lippen-
stift ... Wo bleibt da die Styling-Polizei?! (Seufz) Wäre

Claire jetzt nur hier, dann könnten wir gemeinsam ablästern und was Nettes für den Nachmittag planen, aber so …

Das Klingeln erlöst Becky von ihren Qualen. Missmutig packt sie ihre Mathesachen in die Schultasche.

Eigentlich reicht's ihr schon jetzt! Hoffentlich gibt es wenigstens etwas Gutes zum Mittagessen. Sie rafft ihre Sachen zusammen und lässt sich mit den anderen zur Tür raustreiben.

In der Cafeteria stellt sie sich an das Ende der langen Schlange von Schülern, die sich nach und nach zur Theke der Speiseausgabe vorarbeiten. Der Geräuschpegel ist enorm: Wie immer wollen sich alle gleichzeitig erzählen, was über die Sommerferien so gelaufen ist. Typischer Kantinengeruch liegt in der Luft und steigt Becky in die Nase. Zur Auswahl stehen heute: Schnitzel …

Ihh! Das sieht ja wohl eher nach Schuhsohle aus!

Blumenkohlauflauf? – *Ist ja eklig!*

Sie schiebt ihr Tablett weiter. Dann wohl doch eher die Lasagne, die schmeckt erfahrungsgemäß besser als der Rest der Massenabfertigung. Rasch greift sie sich einen Teller mit dampfenden Nudelblättern und stellt ihn auf ihr Tablett.

Gerade will sie es weiterschieben, als auf einmal jemand mit dem Arm an ihr vorbeilangt, um sich ebenfalls einen Teller zu schnappen.

„'tschuldigung, kann ich mal!?"

Becky dreht sich zur Seite, bereit, dem Vordrängler erst mal eine saftige Ansage zu machen.

Der soll sich gefälligst hinten anstellen wie alle anderen auch!

Doch da wird ihr Blick von einem Paar tiefbrauner Augen aufgesaugt, in denen es amüsiert blitzt. „Hey, bitte reiß mir nicht gleich den Kopf ab!"

Als ob ich dazu jetzt noch in der Lage wäre!

... ER ist es ... und Becky bleibt jedes weitere Wort im Hals stecken.

Akute Festfrierschockaktion.

Ihr fällt nicht ein: a) *OB,* b) *WIE* oder c) *WAS* sie Cooles sagen könnte.

Mist, Mist, Mist – er sieht immer noch so süß aus wie vor den Ferien, eventuell sogar noch süßer – zuckersüß! Seine Haare sehen nämlich irgendwie anders aus: kürzer und gestylter.

„Jo, kommst du endlich!"

Der unverwechselbare Geruch von Lees Duftwässerchen steigt ihr in die Nase, als sie Becky unsanft anrempelt, um sich an Jos Schulter zu schmeißen.

Lee strahlt ihn mit ihrem Tausend-Watt-Lächeln an:

„Komm doch jetzt endlich, ich hab dir einen Platz bei mir freigehalten!"

Seltsam, es kommt Becky vor, als würde ihr Jo noch einen kurzen, intensiven Blick zuwerfen, bevor er sich schließlich seiner Freundin zuwendet. Verwirrt kramt Becky an der Kasse nach ihrem Kleingeld und weiß nicht, was sie fühlen soll.

Als Becky von der Schule nach Hause kommt, geht sie schnurstracks in ihr Zimmer, dreht die Musik laut auf und lungert auf ihrem Bett, immer noch durcheinander.

Jo hat mir direkt in die Augen geschaut, da bin ich mir ziemlich sicher.

Ihre Zehen fangen an zu kribbeln. Niemand außer Claire weiß, dass sie Jo (also eigentlich heißt er ja Joshua), schon ziemlich lange richtig gut findet.

Er ist einfach ein Klassetyp, der coolste in der Oberstufe, wahrscheinlich sogar an der gesamten Schule!

Seit zwei Jahren Schulsprecher, kein Streber, aber superklug! Und dann spielt er noch im Schulbasketball-Team ... Außerdem findet Becky ihn nicht so abgehoben wie andere Typen aus der Oberstufe.

Zu blöd nur, dass er schon seit einem Jahr mit Lee zusammen ist. Ausgerechnet diese Hohldrossel! Ich würde doch viel besser zu ihm passen.

Plötzlich klopft es an der Tür, und bevor Becky auch nur „Herein" denken kann, poltert ihre Mutter schon grimmig dreinschauend ins Zimmer.

„Rebecca, muss die Musik so laut sein?" Sie geht zu der Anlage und dreht entschlossen den Regler herunter. „Und hatten wir nicht vereinbart, dass du erst deine Hausaufgaben erledigst, bevor du rumlümmelst?"

Puh, die gleiche Leier wie schon hundertmal zuvor!

Becky seufzt genervt.

„Mensch Mama, ich hab nichts auf und bin total geschafft vom ersten Tag und ..."

Beckys Mutter verdreht die Augen: Das hat *sie* nun wiederum schon hundertmal zuvor gehört.

Becky findet ihre Eltern eigentlich super okay. Immerhin wollten sie den Mädchen das Abschiednehmen erleichtern und haben Becky deswegen erlaubt, zwei Wochen bei Claire in Spanien zu verbringen.

Ihr Paps ist sowieso ziemlich entspannt und schimpft selten. Nur ihre Mutter hat immer wieder diese „Du-musst-mehr-lernen"-Leier drauf und ist für Beckys Geschmack einfach zu streng, wenn's um das Thema Schule geht. Dabei ist sie sonst ganz in Ordnung – ein bisschen spießig vielleicht, aber immer zur Stelle, wenn es bei Becky mal brennt.

Heute jedoch scheint der Ärger über Beckys Faulenzerei schnell vergessen. Ihre Mutter wedelt mit der Hand in der Luft und sagt in verschwörerischem Ton: „Becky, stell dir vor, ins Haus nebenan ist jetzt endlich eine neue Familie eingezogen. Gestern Abend hab ich den Möbelwagen gesehen, da waren eine Frau und ein junges Mädchen, wahrscheinlich ihre Tochter, die ein paar Sachen hineingetragen haben."

Sie muss kurz Luft holen.

„Wäre das nicht schön, wenn sie in deinem Alter wäre?" Becky sieht sie verständnislos an.

Was soll denn daran toll sein? Interessiert mich doch nicht, wer da einzieht – außer natürlich, es wäre Jo.

Doch ihre Mutter ist nicht mehr zu bremsen und hält einen flammenden Vortrag über Nachbarschaft und Höflichkeit und …

Becky hört nur mit halbem Ohr zu, aber offensichtlich möchte ihre Mutter unbedingt, dass sie mit ihr herübergeht, um die neuen Nachbarn zu begrüßen.

„Muss das sein, Mama?" Becky sind solche Spießigkeiten zuwider! Sie will jetzt sowieso am liebsten hierbleiben und über Jo nachdenken. Außerdem muss sie unbedingt noch Claire mailen.

„Ich muss echt dringend lernen, weißt du, Mama", versucht sie, sich rauszureden, aber sie erntet nur ein wissendes Schnaufen.

„Ach ja? Das hab ich ja eben gesehen", entgegnet ihre Mutter mit hochgezogener Augenbraue und dreht sich um. Becky bleibt nichts anderes übrig, als sich in ihr Schicksal zu ergeben, und so schlüpft sie in ihre neuen Ballerinas, die sie erst letzte Woche in Spanien mit Claire gekauft hat.

Sie folgt ihrer Mutter, die – inzwischen mit einem riesigen Begrüßungsstrauß Sonnenblumen bewaffnet – gerade Paps bearbeitet.

Doch hier versagt ihre Überredungskunst. Beckys Vater zieht sich entschieden aus der Affäre und schüttelt abwehrend den Kopf:

„Das ist eindeutig was für das schöne Geschlecht", sagt er schnell und verschwindet eilig mit seinem Kaffee ins Arbeitszimmer.

„Also, ich bin so gespannt: Hoffentlich sind sie nett, dann könnten wir sie auch mal zum Essen einladen …"

Ihre Mutter ist wirklich ganz aufgedreht, aber Becky schweigt den ganzen Weg über demonstrativ. Als sie vor dem Haus der Nachbarn stehen, betrachten beide interessiert das Schild an der Haustür: Dort hängt ein dunkelblauer, großer schöner Stern aus gebranntem Ton und darauf steht in gelber Schrift:

Hier wohnen Claudia und Tina Regner

Beckys Mutter drückt entschlossen die Klingel, doch niemand öffnet. Allerdings scheint jemand zu Hause zu sein, denn seltsame Geräusche dringen aus dem Inneren: eine Mischung aus unterdrücktem Murmeln und Trommelmusik.

„Na, auf *Tokio Hotel* stehen die anscheinend nicht gerade", murmelt Becky und klingelt nochmals.

Tatsächlich öffnet sich nun wie von Geisterhand die Tür und ein junges Mädchen steckt die Nasenspitze heraus. Als sie den Blumenstrauß sieht, öffnet sie die Tür etwas weiter. Die Fremde hat schulterlange, glatte blonde Haare, mit einem gerade geschnittenen Pony, der fast bis zu den großen, strahlend blauen Augen reicht.

Mann, die sieht echt klasse aus! Schminke braucht die bestimmt nicht ... Neid!

Fragend sieht das Mädchen die beiden an, wie sie da so erwartungsvoll vor der Tür stehen. Da ergreift Beckys Mutter kurzerhand das Wort.

„Hallo, wir sind die Meissners und wohnen in dem gelben Haus da vorne am Eck. Du bist ...?" Sie stockt.

„Tina", antwortet das Mädchen, und als plötzlich aus dem Inneren des Hauses ein lauter Schrei und Klirren ertönen, rollt sie genervt ihre blauen Augen.

„O Mum ..." Tina öffnet die Tür nun vollends, um den Besuch eintreten zu lassen.

Sie gehen durch den Flur und weiter in ein riesiges Wohnzimmer, wo sie sich interessiert umsehen. Es stehen zwar noch Kisten im Weg, aber trotzdem sieht es schon irgendwie gemütlich aus. Besonders gefällt Becky eine blau gestrichene Wand mit prächtigen aufgemalten Sternen in verschiedenen Größen und Goldtönen. „Mal was anderes", sagt Beckys Mutter leise und schaut skeptisch drein.

An der gegenüberliegenden Wand hängt ein schwerer dunkelblauer Samtvorhang, der plötzlich beiseitegeschoben wird und den Blick auf eine Frau mit blonden Engelslocken freigibt: Becky findet sie auf Anhieb sympathisch. Sie kommt offensichtlich gerade aus dem Keller, denn hinter ihr kann Becky den Ansatz einer Treppe erkennen, die nach unten führt. Von dort weht auch eine Wolke seltsam schweren Duftes zu ihnen herauf.

Riecht seltsam! Wahrscheinlich Räucherstäbchen oder so was.

„Wollen Sie zu mir?", fragt der Engel, doch keiner antwortet. „Sind Sie meine 17 Uhr-Klienten?", versucht sie es erneut und schaut fragend von Becky zu ihrer Mutter.

Die ergreift wieder die Initiative. „Wir sind Ihre neuen Nachbarn und wollen Ihnen einen guten Start im neuen Heim wünschen!" Demonstrativ streckt sie der blonden Frau den gigantischen Blumenstrauß entgegen.

Während die zwei Frauen noch Höflichkeiten austauschen, beäugt Becky diese Tina kritisch aus den Augenwinkeln: Sie trägt enge dunkelblaue Jeans, einen blauen langen Strickpulli, den in der Taille ein breiter schwarzer Lackgürtel ziert, und dazu passende schwarze Lackstiefeletten.

Wahrscheinlich ist die so dünn, weil sie sich nur von Grünzeug ernährt!

Sich selbst findet Becky zwar nicht wirklich schlank, aber was soll's – sie liebt nun einmal gutes Essen! Voller Wehmut denkt sie an all die gemeinsamen Kochnachmittage mit Claire, an denen sie gemeinsam neue Rezepte ausprobiert haben. Doch ihre Gedanken werden jäh durch eine Bemerkung ihrer Mutter unterbrochen.

„Unsere Töchter müssten doch eigentlich im selben Alter sein, nicht wahr?"

Es stellt sich heraus, dass tatsächlich beide 15 Jahre alt sind und dass Tina ab morgen auf Beckys Schule, ja sogar in deren Klasse kommt.

„Na, dann können die beiden ja gemeinsam zur Schule laufen", schlägt Beckys Mutter strahlend vor.

Tina und Becky bleiben stumm.

Mann, das ist ja wie im Kindergarten!

Becky wird langsam sauer

Dann kann meine Kleine ja mit Ihrer Kleinen spielen.

Ich will mir gefälligst selbst aussuchen, mit wem ich zur Schule gehe oder nicht.

Als sie schließlich nach allerlei Höflichkeits- und Abschiedsfloskeln beide wieder draußen vor dem Haus stehen, wundert sich Beckys Mutter: „Komisch irgendwie, die Frau sieht ja sehr nett aus, aber dieser Geruch und die Geräusche ... und was für Klienten die wohl empfängt?"

Becky rollt mit den Augen. Das ist wieder typisch Mama! Sie selbst wäre ja gern noch geblieben, auch wenn das Mädchen den Mund nicht aufbekommen hat und eher wie eine komplette Langweilerin wirkte.

Aber Tinas Mutter, die scheint umso interessanter zu sein. Als sie aus dem Keller kam, trug sie unter ihrem Arm einen riesigen dicken Schmöker, und Becky konnte einen Blick auf den Titel erhaschen, der in großen goldenen Buchstaben auf dem Cover prangte: „Sternzeichen – kosmische Energien erkennen und nutzen".

Becky hätte zu gerne erfahren, was es damit auf sich hat, aber ihrer Mutter wäre das bestimmt schon wieder peinlich gewesen, also hat sie sich ihre Frage lieber verkniffen.

Sie selbst ist Sternzeichen Stier, und ihre Eltern ziehen sie oft genug damit auf.

„Wenn unsere Becky nicht bekommt, was sie will,

leiert sie eine Diskussion an und lässt erst locker, wenn der Gegner aufgibt ... entweder, weil er überzeugt ist – oder Ohrenbluten hat!"

Sie wird nachdenklich. Was für Geheimnisse könnte einem solch ein Buch wohl verraten?

Liebe Claire!

Erster Schultag: GRAUENVOLL!!!
Heute hab ich dich echt intergalaktisch vermisst! Ich sitze jetzt neben Jessi, du kennst sie ja, ständig die Leier von ihrem Superfreund. Würg!
Sonst ist fast alles beim Alten, bis auf den neuen Mathelehrer – superstreng. Nervig, sag ich dir! Hoffentlich krieg ich das ohne dich und deine Mathenotfallstunden hin :-((
Wie sieht's bei dir aus? Ist die neue Schule okay? Bestimmt hast du ganz viele süße Typen zur Auswahl ... Ich will alle schmutzigen Details!!
Ach ja, in der zweiten Pause hab ich Jo gesehen, der hat jetzt die Haare anders – MEGASÜSS!!! Es ist zum Mäusemelken – wie kann denn so ein Knaller so 'ne Knalltüte wie Lee als Freundin haben? Die hättest du heute sehen sollen ... super aufgetakelt mal wieder.
DU FEHLST MIR SOO! Bitte schreib mir schnell!!

DICKER KUSS

Becky

PS: Ich schick dir das Rezept für Orangen-Mars-Muf-
fins! Die sind der HIT …

2

Widerwillig öffnet Becky ihre Augen. Im Radiowecker läuft eine echte Schmalznummer.

Nicht gerade das Richtige zum Aufwachen! Schlaftrunken schleppt sie sich ins Bad, und als sie in den Spiegel blickt, heitert sie das auch nicht gerade auf. Ihre grünen Augen schauen noch müde, und in den langen schwarzen Haaren scheinen in der Nacht Vögel genistet zu haben.

„Ich kenn dich nicht, wasch dich trotzdem", murmelt sie entschlossen.

Nach dem Duschen legt sie wie immer etwas Wimperntusche auf, weil sie findet, dass ihre Augen nur dann strahlen. Zum Schluss bürstet sie ihre Haare, bis sie glänzen, und zwinkert ihrem Spiegelbild nun doch einigermaßen zufrieden zu.

In der Küche isst sie in Höchstgeschwindigkeit ihre Cornflakes und packt schnell die Schulbrote in ihre

Schultasche: Seit zwei Tagen macht sich Becky extra früh auf den Weg in die Schule, weil sie keine Lust auf die Neue von nebenan hat – auch wenn sie zugeben muss, dass diese Tina im Unterricht echt was draufhat.

Dumm ist die nicht, und wie zu erwarten war, haben außerdem alle Jungs bei ihrem Anblick gleich Stielaugen gekriegt. Aber das muss man ihr lassen: Tina hat sich zurückgehalten und nicht die Prinzessin gespielt!

Jetzt aber schnell los!

„Tschüss, Mama, bis später!" Und weg ist sie, bevor ihre Mutter noch auf die Idee kommen kann, nach Tina zu fragen.

Bis zur Schule sind es zum Glück bloß zehn Minuten, und meist träumt sie auf dem Weg vor sich hin. Da vergeht die Zeit wie im Fluge. Heute grübelt sie vor allem darüber nach, wie sie mit dem neuen Mathelehrer zurechtkommen soll. Wie wird sie das bloß ohne Claires Hilfe schaffen? Sie seufzt tief auf und biegt gedankenverloren ab in Richtung Schultreppe.

Ob Claire heute wohl endlich zurückschreibt?

Becky wartet schon sehnsüchtig auf eine Antwort-E-Mail, aber wahrscheinlich hat Claire zu Hause immer noch keinen Internetanschluss.

Spätestens morgen!

Dieser Gedanke heitert Becky immerhin etwas auf.

Als Becky den Blick hebt, sieht sie ausgerechnet Lee, die an der Eingangstreppe mit ihrem „Hofstaat" posiert. In ihrem Dunstkreis befinden sich eigentlich ständig mindestens zwei bis drei andere Mädchen. Becky würde sich ja lieber den Arm abhacken, als sich so einzuschleimen, aber trotzdem: Plätze im Hofstaat sind heiß begehrt, und das nutzt Lee natürlich hemmungslos aus. Manche der Mädchen übernehmen sogar ihre Hausaufgaben, um in den Kreis der Auserwählten aufgenommen zu werden.

Mist! Es scheint keinen anderen Weg zu geben, ich muss an der Gewitterziegenfraktion vorbei!

Auf einmal spricht sie jemand freundlich von der Seite an: „Hi!" Becky schaut auf und sieht in Tinas lächelndes Gesicht.

Mann, ist das unangenehm! Es muss der doch klar sein, dass ich in den letzten Tagen morgens immer mit voller Absicht ohne sie losgegangen bin …

Aber bevor sie antworten kann, tönt es plötzlich zu ihnen herüber: „Hey, Tina, cooles Outfit! Sag mal, magst du heute in der Mittagspause an meinem Tisch sitzen? Dann können wir dir ja mal erklären, wie's hier so läuft!" Lee ignoriert Becky völlig und schaut Tina umso strahlender an.

Die Gewitterziegen bekommen Zuwachs!

Becky kann sich nur mit Mühe einen blöden Kommentar verkneifen. Doch zur ihrer Überraschung wirkt Tina wenig begeistert.

„Verteilst du hier Tischkarten oder wie?", fragt sie Lee trocken und wendet sich sofort wieder an Becky, die völlig sprachlos stehen geblieben ist.

Dann fragt Tina so laut, dass auch Lee es hören muss: „Becky, kannst du mir nachher ein bisschen die Schule zeigen?"

Becky zögert keine Sekunde. So viel Mut muss belohnt werden!

„Null Problem", antwortet sie und bekommt aus den Augenwinkeln mit, wie Lees Mine zu Eis erstarrt.

Grade rechtzeitig, bevor diese doch noch etwas Fieses loslassen kann, läutet die Schulglocke, und so belässt sie es dabei, samt Hofstaat tödlich beleidigt abzuziehen. Tina und Becky müssen sich jetzt auch sputen, um nicht zu spät zu kommen.

„Ihr habt dreißig Minuten Zeit!"

Bei diesen Worten wird Becky ganz schlecht. Ein Mathetest am vierten Schultag? Misstrauisch betrachtet sie das Blatt auf ihrem Tisch.

„Berechne die Mantelfläche und das Volumen der nebenstehenden vierseitigen Pyramide mit den Maßen ..." Fassungslos liest sie sich die Aufgaben durch. Sie versucht, sich zu konzentrieren, und arbeitet in Höchstgeschwindigkeit, aber eigentlich versteht sie nur Bahnhof.

„Die Zeit ist um, abgeben bitte!"

Wie jetzt?! Das können doch keine dreißig Minuten gewesen sein!?

Frustriert blickt sie auf ihr halb leeres Blatt, und als sie es widerwillig dem Lehrer reicht, wird ihr ganz flau.

So eine Pleite!

Sie fängt einen tröstlichen „Mach dir nichts draus!"-Blick von Tina auf, doch Zeit zum Grübeln bleibt ihr ohnehin nicht: Herr Kunert gibt Gas und beginnt schon mit dem nächsten Thema.

Nach der Schule führt Becky Tina wie versprochen durch die Schule. Sie schlendern durch alle Etagen, und Becky zeigt ihr die neu renovierten Biologie- und Chemieräume. „Seit den Renovierungen letztes Jahr gibt es endlich mehr Platz, und neue Mikroskope haben wir auch bekommen."

Tina gefällt die Schule, das merkt Becky ihr deutlich an. „Meine alte Schule war auch okay, aber das war mehr so ein moderner Kastenbau – hier sieht es ja fast aus wie in einem alten Schloss!"

„Ja, hier lässt sich's aushalten", meint Becky lässig. Tina muss ja nicht wissen, wie sehr sie sich über diese Worte freut.

Dann führt sie Tina weiter. Das Beste hat sich Becky für den Schluss der kleinen Schulbesichtigung aufgehoben: den Theatersaal.

Sie öffnet die Tür, und die beiden Mädchen blicken in einen riesigen Raum mit wunderschöner Holztäfelung an den Wänden. Es gibt eine richtige Bühne, vor der etliche Stühle ordentlich in Reihen aufgestellt sind.

Becky liebt diesen Saal ganz besonders.

„Hier finden die Schulveranstaltungen statt: Konzerte und so", erklärt sie. „Und die wichtigste und größte ist die Schultheatervorstellung vor den Weihnachtsferien."

„Cool!" Tina ist begeistert. „Spielst du da auch mit?"

Becky freut sich über Tinas Interesse. Behutsam schließt sie die Tür zum Saal und wendet sich Tina zu, um ihr mehr über die Aufführungen zu erzählen. Doch da wird ihr Blick wie magisch von einem leuchtend gelben Plakat angezogen, das am Schwarzen Brett hängt. Auf einmal klopft ihr das Herz bis zum Hals.

ROMEO UND JULIA gesucht!
WER SPIELT MIT?
Für unsere Schultheater-Aufführung im Dezember

brauchen wir wieder: EUCH! Schülerinnen und Schüler, die mitmachen möchten – mit oder ohne Theatererfahrrung – treffen sich Mittwoch in zwei Wochen.

WO: im großen Saal
WANN: 16.00 Uhr

„Oh Mann! Das ist das wichtigste Treffen überhaupt!" Becky wirkt plötzlich gar nicht mehr so lässig. „Da werden die Rollen vergeben!" Sie wird immer aufgeregter. „Und bis dahin sind es nur noch zehn Tage!" Ihre Aufregung verwandelt sich in leichte Panik.

„Na, ich kombiniere mal, dass du da mitmachen möchtest", sagt Tina mit einem gutmütigen Grinsen im Gesicht.

Becky hat inzwischen völlig vergessen, dass sie Tina ja eigentlich auf Abstand halten will. „Weißt du, an unserer Schule ist die Theateraufführung immer etwas ganz Besonderes", beginnt sie. „Die Bearbeitung des Stücks und die Leitung der Proben übernimmt Swobl – ein echter Regisseur."

Tina stutzt und schaut Becky groß an: „Wie heißt der?"

„Eigentlich ist sein Name Viktor Swoboda", erklärt Becky, „aber alle nennen ihn einfach nur ‚Swobl', so als eine Art Künstlername. Na ja, ein bisschen seltsam kann er manchmal schon sein, er hat da so einen Tick mit seinem Schal", sagt sie, schaut die verdutzte Tina plötzlich bitterböse an und wirft sich mit einer gereizten Bewegung einen imaginären Schal um den Hals.

Eine Sekunde starrt Tina sie perplex an, dann brechen sie beide in lautes Lachen aus.

„Er sagt, für ihn sei die Arbeit mit Schülern eine gute Abwechslung im Vergleich zu seiner sonstigen Arbeit am Theater und beim Fernsehen."

„Ist er denn nett?", fragt Tina neugierig.

Becky nickt. „Ach, total. Manchmal kann es zwar auch ganz schön nerven, dass man ihn nichts fragen kann, ohne dass er gleich alle möglichen Storys und Sprüche aus dem großen Protzsack kramt. Andererseits meckert er wenig herum und ist echt fair."

„Wenn ein richtiger Regisseur dabei ist, dann sind die Aufführungen bestimmt ziemlich professionell oder?", überlegt Tina.

„Darauf kannst du Gift nehmen – meist kommt sogar jemand von der Presse." Becky öffnet ihre Tasche, holt sich ihre Limoflasche heraus und trinkt einen Schluck. „Magst du auch?",

Tina schüttelt den Kopf. „Und du hast da also auch schon mitgespielt?"

„Klar, nur leider nicht die Hauptrolle", antwortet Becky

in abweisendem Ton und dreht sich um. „Komm, lass uns was essen gehen!"

Während die beiden Mädchen Seite an Seite zur Cafeteria laufen, denkt Becky über Tinas Frage nach.

Seit der siebten Klasse macht sie jedes Jahr bei der Aufführung mit, und zu gerne hätte sie einmal die Hauptrolle ergattert. Aber irgendwie hatte sie immer Pech. Schon zweimal hat sie die heiß ersehnte Rolle ausgerechnet an Lee verloren und musste sich mit der Nebenrolle abfinden. Auch wenn Swobl sie immer sehr gelobt hat ... es wurmte sie irgendwie ...

„Aber wie ist das denn", fragt Tina interessiert, „hast du kein Lampenfieber, wenn du da oben auf der Bühne bist und alle dich anschauen?"

Becky muss keine Sekunde überlegen.

„Es ist irgendwie komisch: Wenn ich da oben stehe, habe ich das Gefühl, ich wäre in einer anderen Welt, einem Paralleluniversum ... Irgendwie herrscht da so eine Art Magie. Vorher bin ich immer total aufgeregt, aber schon beim ersten Satz auf der Bühne ist die Angst wie weggeblasen." Sie lacht Tina an. „Es macht klick! ... und dann bin ich superzufrieden und glücklich."

„Seit ich das erste Mal auf der Bühne gestanden hab, weiß ich, dass ich versuchen will, später einmal Schauspielerin zu werden", erzählt sie weiter. „Das ist mein absoluter Traumberuf – ich will richtig an die Schauspiel-schule."

Prüfend schaut Becky in Tinas Gesicht.

Ob die sich wohl heimlich über mich kaputtlacht?

Doch Tinas Gesicht spiegelt nur ehrliche Bewunderung wider. „Wow, das hört sich superklasse an. Was halten denn deine Eltern davon?"

„Ach, du weißt doch, wie Eltern halt so sind." Becky kramt ihren Geldbeutel aus der Tasche. „Beide haben bei den Aufführungen ganz stolz in der ersten Reihe gesessen, fanden ihr kleines Mädchen toll, aber sonst nehmen sie mich, glaube ich, nicht wirklich ernst."

In der Tat schweigen ihre Eltern lieber zu dieser Sache oder machen sich ein bisschen lustig. Für ihre Mutter ist das Ganze nur „Beckys Lieblingsfloh, den sie sich ins Ohr hat setzen lassen."

Und jedes Mal, wenn Becky von ihrem Traumjob spricht, meint ihr Vater trocken: „Oh, die Flöhe husten wieder!"

Sie lacht Tina offen an. „Bei meiner Mutter läuft es immer gleich ab, wenn ich vom Schauspielern erzähle …" Becky macht wie auf Knopfdruck ein gequältes Gesicht. „Akt I: Stirn wird in Falten gelegt, dann folgt Akt II: seerobbenähnliches Seufzen."

Tina muss laut lachen, als sie zuschaut, wie Becky mit

übertriebenem Ächzen drohend den Zeigefinger erhebt.

„Und dann, voilà, letzter Akt und dramatischer Höhepunkt: Moralpredigt XXL."

Mit erhobener Stimme ahmt sie den vorwurfsvollen Ton ihrer Mutter nach: „Lerne erst einmal was Richtiges, die Zeiten sind schwierig genug!"

Becky stimmt in Tinas Lachen ein und erzählt weiter.

„Ich hab aber einen megacoolen Onkel, der versteht mich total und unterstützt mich auch. Er besucht uns oft, nimmt mich manchmal mit ins Theater oder schenkt mir Textbücher. Obwohl meine Mutter es, glaube ich, besser fände, wenn er mit mir Chemie oder Mathe pauken würde."

Sie weiß, dass ihre Mutter felsenfest davon überzeugt ist, dass Onkel Charley für ihren Theaterfloh verantwortlich ist.

Becky lächelt Tina an und erklärt dann mit Nachdruck: „Ist mir aber egal, ich geb meinen Traum nicht auf. Und dieses Jahr werde ich mich so gut vorbereiten, dass ich die Hauptrolle auf jeden Fall bekomme!"

Tina runzelt ihre Stirn und überlegt laut: „Du, wenn du das Textbuch hast, dann könnte ich dir ja beim Rollenlernen helfen, dich abfragen oder so." Sie zögert kurz. „Oder was hältst du zum Beispiel von heute Nachmittag? Wir könnten im Internet recherchieren, was man so über Romeo und Julia findet ..." Beiläufig fügt sie noch hinzu: „Nur, wenn du dich nicht überfallen fühlst, natürlich – ist bloß ein Angebot!"

In Becky regt sich sofort das schlechte Gewissen. Sie ist ja bis heute wirklich nicht besonders freundlich zu Tina gewesen, auch wenn die das einfach so wegzustecken scheint.

Becky strafft ihre Schultern. Wenn sie sich in jemandem geirrt hat, kann sie sich das auch eingestehen. Dankbar lächelt sie Tina an: „Das wäre supernett von dir. Ich gehe nachher in die Bibliothek, da bekomm ich das Buch bestimmt, und zu zweit kann man wirklich viel besser Texte lernen ... heute Nachmittag hätte ich Zeit, komm einfach vorbei!"

Und in schöner Eintracht nehmen sich die beiden Mädchen ihre Tabletts und stellen sich in die Essensschlange.

Becky lümmelt wieder mal auf ihrem Bett. Bis eben hat die Aufregung über das Vorsprechen erfolgreich alles andere verdrängt, aber jetzt merkt sie, dass ihr der verpatzte Mathetest doch schwer im Magen liegt.

Was für ein Reinfall! Aber in Barcelona hatten wir ja echt Besseres zu tun, als Mathe zu büffeln.

Wehmütig denkt sie an die Monster-Eis-Portionen, die sie in den Eiscafés gemeinsam mit Claire verdrückt hat, und daran, wie sie die Umgebung gemeinsam nach süßen Jungs scannten.

Auch wenn ihr Herz eigentlich schon lange nur für Jo schlug – blind war sie deswegen nicht ...

Ein Klopfen an der Zimmertür reißt Becky jäh aus ihren Träumen, in denen sie immer noch im Eiscafé sitzt, aber diesmal mit Jo und außerdem vor einem riesigen Valentins-Eisbecher mit zwei Löffeln. „Süßes für meine Süße ...", flüstert er gerade verheißungsvoll, als ihre Mutter auch schon lospoltert: „Rebecca, ich dachte, du willst Mathe lernen?!"

Becky fährt in die Senkrechte und verteidigt sich.

„Mensch, Mama, ich habe mich nur mal kurz ausgeruht!"

Da öffnet sich die Tür noch ein Stück weiter, und Becky sieht Tina hinter dem Rücken ihrer Mutter hervorlugen. „Hi, Becky, ich find das echt voll cool von dir, dass du mir bei dem Deutschaufsatz hilfst, und die Biosachen zum Abfragen hab ich auch dabei", säuselt sie, während sie sich elegant an Beckys Mutter vorbei ins Zimmer schlängelt.

Die lächelt besänftigt. „Na, dann lernt mal schön, ihr

beiden, nachher bring ich euch noch Kakao und Kuchen." Sanft schließt sie die Tür hinter sich.

Becky lächelt Tina dankbar an. „Du hast mich gerade vor einer Monster-Moralpredigt gerettet! Puh!"

„Ach ja? Und ich dachte immer, nur meine Mum wär so drauf."

Tina setzt sich zu Becky aufs Bett, schaut sich im Zimmer um und pfeift anerkennend, als sie Beckys "Wall of Fame" sieht. „Die Wand dort sieht ja supertoll aus!"

Claire hatte damals geholfen, eine Wand himbeerrot zu streichen, und nun hängen dort großformatige gerahmte Bilder von berühmten Schauspielern: manche farbig, andere schwarz-weiß.

„Ich hab fast sechs Monate mein gesamtes Taschengeld gespart, und dann hab ich mit Onkel Charley auf dem Flohmarkt diese verzierten Goldrahmen gekauft", erzählt Becky.

„Megacool!", bekräftigt Tina noch einmal. Dann öffnet sie ihre Tasche, zieht Block und Stift heraus, dazu verteilt sie einige Arbeitsblätter auf Beckys Bett.

„So, das ist die Tarnung", flüstert sie verschwörerisch. „Und jetzt zu Romeo und Julia."

Sie schalten den Computer an und setzen sich an den Schreibtisch. Rasch tippt Tina die Stichworte „Romeo und Julia" ein und siehe da: In Sekundenschnelle erscheint eine schier unendliche Liste mit Webseiten zum Thema.

Als Erstes überfliegen sie verschiedene Zusammenfassungen über den Inhalt und die Hintergründe des Stücks.

„Sieh mal." Tina zeigt aufgeregt auf einen Link. „Bilder zu ‚Romeo und Julia' steht da."

Becky klickt auf den Link, und schon erscheinen Fotos, angeblich von Julias Elternhaus in der „Casa di Giulietta" – der „Straße der Julia".

„Und was ist das?" Tina deutet auf ein Foto von einer hohen alten Steinmauer, die über und über mit Briefen beklebt ist.

„Lies doch mal vor!", drängt Becky.

„Auf dieser Mauer hinterlassen schon seit Jahren Verliebte aus aller Welt ihre Liebesbriefe.' Wow, wie romantisch! Ich glaube, so was gibt es bei uns in Deutschland nicht", seufzt Tina und legt dramatisch die Hand aufs Herz.

Becky stimmt ihr lachend zu, doch dann fällt ihr die Wand im hinteren Pausenhof ein. Da stehen Tausende von Kritzeleien drauf, in so vielen Schichten, dass man fast nichts mehr davon lesen kann. Und das ist Becky nur recht, denn zusammen mit Claire hat sie letztes Schuljahr heimlich „I love Jo" auf die Wand geschrieben.

Aber das bindet sie Tina natürlich nicht auf die Nase.

Da geht die Tür auf, und Beckys Mutter steht mit einem Tablett im Zimmer.

„Eine kleine Stärkung!", sagt sie lächelnd, während der Duft von Kakao den Raum erfüllt.

Als sie das Tablett auf Beckys Nachttisch abstellt, reagiert Tina blitzschnell und klickt auf ein anderes Fenster. Wie von Zauberhand erscheint jetzt ein angefangener Bioaufsatz auf dem Bildschirm. Gleichzeitig springt Becky auf und greift unter lautem Begeisterungsgeheul nach dem Teller.

„Frisch gebackener Schokoladenkuchen, genial!" Sie schielt zu Tina, die zu ihrer Verwunderung auch gleich zugreift und sich den Kuchen schmecken lässt. Das macht ihr Tina noch sympathischer.

Doch kein Hungerhaken wie befürchtet!

„Superlecker!" Genüsslich leckt sich Tina die Schokolade vom Finger. „Kann ich noch ein Stück haben?"

„Es ist noch viel mehr in der Küche, ihr könnt euch ruhig noch etwas holen, wenn ihr wollt!"

Kaum ist Beckys Mutter wieder aus dem Zimmer verschwunden, murmelt Tina gedankenverloren: „... meine Mum backt nie", während sie in ihr neues Stück beißt. Becky rutscht unruhig hin und her.

„Sag mal, ich will dir nicht zu nahe treten, aber was ist

eigentlich mit deiner Mutter? Ich meine, als wir euch da neulich besucht haben, da war sie so, so …" Becky beendet den Satz nicht, sie will ja nicht unverschämt wirken.

Doch zu Beckys Erleichterung lacht Tina unbekümmert. „Mum ist in Ordnung! Sie hat sich vor einem Jahr von meinem Vater scheiden lassen, und seit ein paar Monaten liest sie wahnsinnig viele Bücher über Sternendeutung und so was. Sie will jetzt selbst als astrologische Beraterin arbeiten. Geld verdienen mit dem, was man liebt, nennt sie das."

Kopfschüttelnd greift Tina nach dem dritten Stück Kuchen. „Deswegen hat sie sich auch eine Art Praxis im Keller eingerichtet."

Becky langt auch noch mal zu. „Was ist denn eine astrologische Beraterin?"

Tina überlegt. „Na ja, Menschen, die zum Beispiel in einer Krise stecken, suchen manchmal jemanden, der ihnen sagt, wo's langgeht, und dieser jemand kann dann Tarot-Karten verwenden, aus der Hand lesen oder so … ganz unterschiedlich. Tja, und meine Mutter nutzt die Sterne, Astrologie, weißt du … Sie hat eine Menge Tabellen und rechnet damit irgendwelche Sternenkonstellationen aus, also – so ganz habe ich das auch noch nicht durchschaut. Aber am Ende kann sie dann den Leuten zum Beispiel Horoskope und so etwas erstellen."

Becky horcht auf. „Das klingt ja voll spannend! Ich hab mich zwar noch nicht so wirklich damit beschäftigt … Irgendwie denke ich immer, dass ich ja auf das vertrauen kann, was ich mit meinen eigenen Augen sehe …" Sie zögert und schaut Tina fragend an.

Tina nickt zustimmend. „Genau! Mir sind die Sterne schnuppe!", erklärt sie im Brustton der Überzeugung.

„Andererseits kommt mir deine Mutter eigentlich auch ganz vernünftig vor", überlegt Becky weiter. „Und wenn sie das sogar beruflich macht, scheint ja doch irgendetwas an der Sache dran zu sein."

Ihr fällt wieder das dicke Buch ein, das sie bei Tinas Mutter gesehen hatte …

Das würde mich schon interessieren.

„Wenn du uns das nächste Mal besuchst, kannst du ja mal mit ihr drüber sprechen, sie ist da ganz locker. Aber jetzt geht's weiter mit dem Text!"

Und damit setzen sie sich wieder an den Schreibtisch und vertiefen sich in die Welt von Romeo und Julia.

Liebe Becky,

NEERRRRVV! :-((

Schule bis nachmittags, dann noch jeden Abend Spanischstunden bei so einer Tussi … ich hätte viiieel lieber einen Lehrer. Da ist so ein Typ auf meiner Schule, der ist der HAMMER: Wetten, dass ich bei dem die Vokabeln bestimmt leichter und schneller lernen könnte ... :-)

Das mit Mathe bekommst du bestimmt in den Griff, wenn ich das mit Spanisch schaffe!

Und, hast du IHN schon mit dem hypnotischen Blick geködert? Du weißt schon: Augen auf, Ziel anpeilen, Blickkontakt herstellen und länger als drei Sekunden halten (und Umgebung absichern: Es sollte keine Säule in der Nähe stehen, denk an meine Riesenbeule aus der sechsten Klasse).

Das mit dem Theaterstück sind auf jeden Fall Super-news. Ich bin mir gaaanz sicher, dass du die Hauptrolle bekommst. Ich seh dich schon als Julia ...

Vermisse dich auch, bis bald,

Claire

(PS: Gruß an alle aus der Klasse – außer an den Strohkopf natürlich)

3

Beim Frühstück bringt Becky keinen Bissen herunter, obwohl es Mamas superleckere Apfelpfannkuchen gibt. Aber das war ja zu erwarten, heute Nachmittag wird das Vorsprechen stattfinden! So locker sie auf der Bühne sein kann – die Aufregung vorher ist umso schlimmer.

Wie soll ich das bloß bis später aushalten?

Die Woche ist – bis heute – eigentlich wie im Fluge vergangen. Tina hat sich als echte Hilfe erwiesen und tatsächlich jeden Tag mit Becky geübt. Sie ist ehrlich davon überzeugt, dass Becky echte Julia-Qualitäten hat ...

Hoffentlich zeig ich die später auch noch!

... und sie hat ihr auch ein paar gute Tipps gegeben.

Eigentlich gibt es keinen Grund zur Beunruhigung, der Text sitzt bombenfest!

Es klingelt an der Tür, und ihre Mutter lässt Tina herein, die – wie schon in den letzten Tagen – gut gelaunt in die Küche spaziert und alle mit einem herzhaften „Halli-Hallo!" begrüßt.

Beckys Mutter fordert Tina mit Nachdruck dazu auf, sich zu bedienen, und diese ziert sich auch nicht lange und greift schon nach einem besonders dicken Pfannkuchen. Während sie herzhaft hineinbeißt und gleichzeitig versucht, den Ahornsirupwasserfall von ihrem lila T-Shirt fernzuhalten, beäugt sie Becky mit kritischem Blick.

„Du siehst gut aus", stellt sie fest. „Das Tuch steht dir super."

Becky wusste heute Morgen einfach nicht, was sie mit ihren Haaren anfangen soll, und hat sich dann kurzentschlossen ein mintgrünes Tuch umgebunden. Das sieht sehr mondän aus, findet sie – genau das Richtige für eine Schauspielerin.

„Also los, Julia!" Tina schnappt sich schnell noch einen Pfannkuchen als Wegzehrung.

„Du nimmst auch einen mit, Becky", drängt ihre Mutter.

Das ist ja gut gemeint, aber Becky kann nur abwinken. *Komisch, mein Magen fühlt sich irgendwie grummelig an.* Becky zieht ihre Jacke an, und die zwei Mädchen machen sich auf den Weg.

„Ich hoffe echt, dass die Stunden heute schnell vergehen, ich bin irgendwie so, so ... kribbelig", stöhnt sie.

Kaum in der Klasse angekommen, lässt sie sich auf ihren Platz fallen und kramt ihre Mathesachen aus der Schultasche.

Als der neue Mathelehrer, Herr Kunert, mit einem schwungvollen „Einen wunderschönen guten Morgen!" hereinkommt, wird sein Gruß nur von wenigen erwidert. Er lächelt jedoch unbeirrt weiter und legt einen Stapel Blätter auf seinen Schreibtisch.

Das kann nur die Mathearbeit von gestern sein! Wie hat er die nur so schnell korrigiert?

Ein allgemeines Aufstöhnen geht durch den Raum: Der Test war echt verflixt schwer gewesen!

Ohne viele Worte verteilt Herr Kunert die korrigierten Arbeiten. Jubelschreie bleiben aus, doch anscheinend hat niemand richtig schlechte Noten. Becky sieht zu Tina hinüber, die ihr Blatt hochhält: *Aha, eine Zwei.*

Langsam geht Becky auf, dass sie ihren Test fast als Einzige noch nicht zurückbekommen hat, und jetzt wird ihr wirklich mulmig.

„Rebecca!" Die Stimme des Lehrers hallt in ihren Ohren. „Na, Mathe scheint ja nicht gerade deine Leidenschaft zu sein, oder?"

Entsetzt starrt sie auf die Arbeit, die er vor sie legt – fast das ganze Blatt ist rot, und darunter steht eine dicke Fünf. Rot umkreist springt sie Becky regelrecht ins Gesicht.

Oh Mann, das ist kein guter Start ... was werden Mama und Paps bloß sagen ...

Verzweifelt schaut sie sich um und fängt dabei einen Blick von Lee auf, die hämisch lacht und dabei eine ihrer blonden Strohlocken um den pink lackierten Finger dreht.

Beckys Laune ist total ruiniert.

Nach der Stunde nimmt Herr Kunert sie beiseite. „Bleib bitte kurz hier!"

Sobald der Raum sich geleert hat, schaut er sie ernst an. „Ich hab mich bei den Kollegen umgehört, du scheinst in allen anderen Fächern gut dazustehen. Da wäre es doch schade, wenn du dir den Durchschnitt versaust. Weißt du, wenn man am Anfang was nicht kapiert, ist es am besten, gleich etwas zu unternehmen."

Er setzt sich auf die Kante seines Schreibtisches und schaut Becky nachdenklich an.

„Ich habe da eine Idee", sagt er schließlich. „Es gibt Schüler in der elften Klasse, die sehr fit sind und Nachhilfe geben, praktisch als soziale Extra-Aktivität. So etwas würde dir bestimmt helfen."

Erwartungsvoll wartet er auf Beckys Reaktion.

Die ist von seinem Vorschlag allerdings nicht besonders begeistert. „Bitte, geben Sie mir noch eine Chance, das war nur ein Formtief!", versucht sie ihn zu überzeugen und verspricht dann: „Ich werd mich anstrengen, und der nächste Test wird bestimmt besser."

Der Lehrer runzelt zweifelnd die Stirn. „Formtief? Na, wie du willst, Rebecca, ich kann dich nicht zwingen, aber denk wenigstens noch mal drüber nach."

Mit diesen Worten wendet er sich ab und beginnt, die Tafel abzuwischen. Becky fühlt sich entlassen und eilt aus der Klasse.

So eine Pleite! Ich darf auf keinen Fall riskieren, im Halbjahreszeugnis eine Fünf in Mathe zu bekommen! Aber für Nachhilfe hab ich jetzt wirklich keine Zeit.

Tina hat auf dem Flur gewartet und lehnt lässig an der Wand. „Hi, wie war's? Großes Drama?"

Als Becky Tina von den drohenden sozialen Extra-Aktivitäten durch mathematisch begabte Elftklässler berichtet, versucht diese, die aufgeregte Freundin zu beruhigen.

„Mach dir nichts draus, Nachhilfe hast du bestimmt nicht nötig. Die nächste Arbeit wird garantiert besser, und irgendwie ist es doch auch ganz nett von ihm, sich zu kümmern, oder?"

Sie zieht Becky energisch mit. „Und jetzt lass uns essen gehen, ich sterbe vor Hunger!"

Becky und Tina nehmen sich ihr Essenstablett und setzen sich an einen freien Tisch.

Schweigend beginnen sie zu essen. Becky bekommt, wie schon beim Frühstück, keinen Bissen herunter und ärgert sich immer noch über den verpatzten Mathetest.

Plötzlich schnappt sie ein paar Gesprächsfetzen vom Nebentisch auf und lauscht gespannt.

„Also, ich bin mir ganz sicher, dass ich die Hauptrolle bekomme."

Aah! Prinzessin Lee und ihr Hofstaat!

„Ich werde ein megacooles Outfit anziehen." Aufgeregt klatscht eines der Mädchen in die Hände. „Und du, Lee, du ziehst doch bestimmt das Kleid von diesem Designer aus Paris an, wie heißt der noch mal?"

Becky und Tina tauschen einen Blick.

„Ja, es kann überhaupt nichts mehr schiefgehen: Ich hab es sogar schwarz auf weiß", erklärt Lee – laut genug, dass es auch alle an den Nachbartischen hören können. Theatralisch wedelt sie mit einer Zeitschrift, blättert sie auf und beginnt, ihr Horoskop vorzulesen:

„Sie sind ganz klar ein Gewinner-Typ: Heute ergeben sich kosmische Besonderheiten, die den Weg für einen großen Auftritt ebnen. Sie stehen im Mittelpunkt und werden allgemein bewundert. "

Tina guckt genervt.

„Die scheint ja nicht grade das hellste Licht im Universum zu sein, oder?", flüstert sie Becky zu, die ihr sofort zustimmt.

„Tja, offenbar ist sie felsenfest davon überzeugt, der aufgehende Stern am Theaterhimmel zu sein …" Tina greift zum Nachtisch, zieht den Deckel vom Pudding und leckt ihn genüsslich ab. „Zieht die immer so eine peinliche Show ab?"

„Allerdings", antwortet Becky entschieden.

Plötzlich dreht sich Tina um und ruft: „Hey, Lee, was bist du denn für ein Sternzeichen?"

Diese Chance, erneut im Mittelpunkt zu stehen, kann Lee sich selbstverständlich nicht entgehen lassen.

„Löwe natürlich!", entgegnet sie schnippisch und wirft sich in Positur.

Tina macht ein beeindrucktes Gesicht.

„Ach so, deeeeshalb …", sagt sie dann bedeutungsvoll.

„Deshalb was?", fragt Lee zurück.

„Deshalb sehen deine Haare so zerzaust aus, und deshalb machst du so komische Geräusche, wenn du isst."

Becky prustet los. Echt mutig von Tina, aber die lächelt unschuldig und freundlich vor sich hin.

Lee scheint das allerdings nicht so lustig zu finden.

„Was bist du denn für ein Sternzeichen?", fragt sie Tina. Aber die ist vollkommen ungerührt und brummt nur: „Geht dich nichts an."

Lee zückt erneut die Zeitung und wendet sich an Becky, die immer noch über Tinas Bemerkung grinst.

„Und du, Becky, wann hast du Geburtstag? Im Mai, oder?"

Ja, das stimmt! Kein Wunder, dass Lee noch weiß, wann Becky Geburtstag hat, denn im Mai hatte Becky sie in einem Anfall von Nettigkeit zu ihrer Geburtstagsfeier eingeladen. Lee sagte allerdings ab, mit der Begründung, dass der Hund ihrer Mutter am gleichen Tag Geburtstag hätte und so etwas immer in der Familie gefeiert würde. Becky hatte sich damals zu Tode geschämt, denn Lee hatte diesen Spruch losgelassen, während die anderen dabei waren.

Spätestens seit dem Tag ist mir endgültig klar, was ich von der Zicke zu halten habe!

Während Becky ihren eigenen Gedanken nachhängt, sucht Lee eifrig mit dem Finger die Zeilen ab.

„Achter Mai, achter Mai, was haben wir denn da?" Und schon lacht sie laut los. „Stier, tja – jetzt ist klar, warum du diese stämmigen Beine hast", sagt sie abfällig. Dann liest sie vor:

„Vorsicht: Negative Sternen-Einflüsse, verschieben Sie alle wichtigen Vorhaben, denn Sie sind zum Scheitern verurteilt. Ein Traum wird platzen."

Mit übertriebenem Bedauern blickt Lee Becky an und sagt spöttisch: „Na, das tut mir aber leid! Das kommt jetzt bestimmt sehr unpassend für dich, wo doch gleich das Vorsprechen ist ... Und das, meine Liebe ...", sie schüttelt ihre blonden Locken, „... wird wegen dir bestimmt nicht verschoben." Mit diesen Worten klemmt sie sich die Zeitschrift unter den Arm und rauscht erhobenen Hauptes ab, ihr Tablett lässt sie selbstverständlich auf dem Tisch stehen.

Becky ist wie vor den Kopf gestoßen, sprachlos starrt sie ihr hinterher.

Tina legt ihren Arm um sie und redet beruhigend auf sie ein. „Komm schon, lass den Kopf nicht hängen, solche Tageshoroskope in den Zeitschriften kannst du echt in der Pfeife rauchen, das sagt meine Mum auch immer. Ein Horoskop wird richtig umständlich berechnet, da reichen auch nicht Geburtsjahr und Geburtstag, sogar Stunde und Minute sind wichtig. Man kann dann herausfinden, wie bestimmte Sterne zum Zeitpunkt der Geburt gestanden haben. Da gibt es für jedes Sternzeichen Tausende von Kombinationen!"

Trotzdem ist Becky komisch zumute und sie grübelt laut: „Irgendwie hat der Tag ja heute auch wirklich blöd begonnen: mit dem Mathecrash und so –"

Tinas skeptische Miene spricht Bände, und sie unterbricht sich selbst. „Schon gut, schon gut, ich glaub ja nicht wirklich dran. Komm, wir müssen los, in fünfzehn Minuten ist das Treffen …" Sie redet und redet und versucht, sich abzulenken, aber das komische Gefühl im Bauch wird sie nicht los.

Ungefähr zwanzig Mädchen und Jungs sitzen auf dem Boden des großen Theatersaales. Becky sucht sich ein freies Plätzchen zwischen den anderen.

Fast nur Mädchen – klar, war in den letzten Jahren auch immer so. Bestimmt wollen die meisten die Rolle der Julia.

Einige Gesichter kennt sie vom Sehen. Manche gehen in die neunte Klasse, aber auch ein oder zwei aus der Elften sind mit dabei. Sie dreht sich zu den Zuschauerreihen um und versucht, Tina zu entdecken. Die wollte sich dort einen Platz suchen, um Mäuschen zu spielen und ihr die Daumen zu drücken.

Auch Lee ist da. Im Gegensatz zu allen anderen steht sie und lehnt sich entspannt an eine Säule. Sie hat sich wie angekündigt umgezogen und trägt ein schickes Kleid im Empirestil. Der Rock reicht bis knapp unter die Knie, und weiche, mit Goldfäden durchwirkte Rüschen umspielen ihre Beine.

Wow, sie sieht echt wie eine moderne Julia aus, das muss man ihr lassen.

Als könne sie Gedanken lesen, sieht Lee prompt zu ihr herüber und wirft einen abfälligen Blick auf Beckys verwaschene, heiß geliebte Jeans. Aber als wäre das noch nicht genug, sitzt auch noch Jo zu Lees Füßen.

Oh Gott, ob er auch vorspricht?

Beckys Herz fängt an, wie irre zu schlagen, als ein lautes Händeklatschen sie aus ihren Gedanken reißt.

Swobl betritt die Bühne. Wenigstens der sieht genauso aus wie immer: schwarze Hosen, schwarzes Hemd und natürlich ein langer weißer Schal.

„So, da sind wir also mal wieder", begrüßt er die Anwesenden. „Einige kenne ich ja noch vom letzen Jahr, ein paar neue Gesichter sind aber auch dabei, wie ich sehe. Schön, schön!"

Er nimmt sich einen Stuhl, dreht ihn mit der Lehne zu sich herum und setzt sich breitbeinig darauf, die Arme lässig auf die Lehne gestützt.

„Romeo und Julia kennen alle, klar ...", beginnt er, „aber ich möchte die Geschichte moderner gestalten, ins Hier und Jetzt verlegen! Unglückliche Liebesgeschichten gibt es ja leider immer noch, stimmt's?"

Er erntet unterdrücktes Gelächter.

„Was für Klamotten tragen wir denn dann?", erkundigt sich Lee.

Wer sonst!

„Das sehen wir später", vertröstet er sie.

Beckys Aufregung wächst.

Spannend, erinnert mich an den Film, den ich mit Onkel Charley gesehen habe: eine dramatische Liebesgeschichte in Videoclips. Sehr stylish!

Nachdem Swobl mit den Erklärungen fertig ist, zählt er nüchtern die Rollen auf, die es zu besetzen gilt: insgesamt etwa zwölf, davon vier größere.

„Na, wie zu erwarten, haben wir mehr Mädels als Mädchenrollen und weniger Jungen als Jungenrollen."

Er nimmt einen Block in die Hand und macht sich Notizen. „Wer will die Julia spielen?"

Als alle Mädchen ihre Hände heben, grinst er. „Na, eine Münze kann ich ja wohl schlecht werfen, oder? Wer hat denn was vorbereitet?"

Es stellt sich heraus, dass auch fast alle Mädchen den Text gelernt haben. Jetzt heißt es also: 15-mal Julia, die

Reihenfolge ergibt sich aus den Anfangsbuchstaben ihrer Nachnamen.

Ungeduldig versucht Becky, sich abzulenken, während ein Mädchen nach dem anderen den einstudierten Text vorträgt.

Ich muss locker sein. Ich weiß, dass ich es draufhab, und die anderen sind nicht wirklich der Kracher.

„So, jetzt ist Lee dran."

Swobl muss nicht lange warten, mit wiegendem Schritt geht das Mädchen zu dem markierten Punkt und beginnt zu sprechen.

Wider Willen lauscht Becky wie gebannt.

Lee ist echt super in Form heute, genau wie ihr Horoskop vorausgesagt hat.

„… Romeo, gib deinen Namen weg, dafür nimm mein ganzes Ich!" Lees letzte Worte verklingen im Raum. Zwei oder drei klatschen sogar.

„Danke, das war sehr gut. Und jetzt du, Rebecca."

Swobl nickt Becky aufmunternd zu.

Mit wackeligen Beinen geht sie auf die Bühne und schämt sich plötzlich für ihre unspektakuläre Aufmachung.

Mist! Hätte ich bloß etwas Schickeres angezogen!

Sie versucht, sich zu konzentrieren. Immerhin hat sie mit Tina den Text einstudiert, den kann sie doch in-

und auswendig! Sie holt einmal tief Luft, dann legt sie los.

„Es ist bald Morgen ... Ich wünschte, du wärest hier ..." Der erste Satz kommt noch über ihre Lippen, da wird ihr plötzlich schwindelig. Die Worte aus dem Horoskop kommen ihr wieder in den Sinn: „Ein Traum wird platzen ..."

Als sie versucht, weiterzusprechen, bleibt der Text irgendwie auf ihrer Zunge kleben, ihre Beine werden schwer, und ihr Kopf ist leer.

Ich muss mich hinsetzen, ich muss mich sofort hinsetzen, sonst kipp ich um.

Swobl hat mitbekommen, dass etwas nicht stimmt, und unterbricht. „Becky, danke, setz dich mal lieber ein bisschen an die Seite, du bist ganz grün um die Nase." Prüfend schaut er sie an.

Becky schämt sich in Grund und Boden und sieht kreuzunglücklich zu, wie das Vorsprechen weitergeht. Sie blickt zu Lee hinüber, die stolz wie eine Löwin in der anderen Ecke steht und gelangweilt seufzt.

Eine halbe Stunde später verkündet Swobl die Ergebnisse. „Jo, saubere Leistung: Du bist unser Romeo ... Becky, du spielst ..."

Bitte, bitte, lieber Gott ...

Für einen Moment wagt Becky zu hoffen, da macht

ihr Herz einen Satz. „... Benvolio, Romeos besten Freund. Und Lee: Du spielst die Julia."

Den Rest der Rollenverteilung bekommt Becky nicht mehr mit: Sie braucht ihre ganze Kraft, um nicht gleich hier vor allen in Tränen auszubrechen.

Wie ein Häufchen Elend hängt Becky in dem blauen, samtbezogenen Sessel und drückt ein goldfarbenes Kissen in Form eines Sternes an ihre Brust. Auf dem Schoß hält sie ein Glas mit heißem Tee, ihre Tränen tropfen in die Tasse.

„Ich bin so unglücklich", schluchzt sie.

„Quatschi", widerspricht Tina resolut.

Gleich nach der Probe hat Tina sie erst in den Arm genommen und dann kurzentschlossen zu sich nach Hause gebracht. Tinas Mutter hat keine Fragen gestellt und ist gleich in der Küche verschwunden.

„Du warst bei unseren Proben doch wirklich gut, aber vorhin bist du plötzlich ganz blass geworden. Was war denn los?", wundert sich Tina.

Aber Becky fühlt sich zu schlapp, um zu antworten.

Da schallt lautes Klappern aus der Küche zu ihnen herüber, es beginnt nach Essen zu duften, und plötzlich verspürt Becky riesigen Hunger.

„Zu Tisch, ihr Lieben!"

Während des Essens übernimmt Tina das Erzählen, und Becky ergänzt an manchen Stellen.

„Das mit dem Horoskop hat 100-prozentig gestimmt", versichert sie mit zitternder Stimme. „Total negative Energie heute, alles ging schief, und deswegen hab ich bestimmt auch das Vorsprechen versaut …"

Aber Tinas Mum schüttelt energisch ihren Kopf.

„So etwas Unverantwortliches", schimpft sie. „Diese Klatschzeitungen und ihre Wischi-Waschi-Horoskope!"

Becky nimmt sich eine zweite Portion: „Gibt es noch Tomatensoße?"

„Sag mal, wann hast du eigentlich das letzte Mal was gegessen?", fragt Tinas Mutter interessiert.

Becky überlegt. „Beim Frühstück, ach nein, da hab ich ja nichts runterbekommen, dann beim Mittagessen in der Schule – ach nee, da war ja die Sache mit Lee. Ich glaube, ich hab das heute ganz vergessen."

Sie kann es kaum glauben, so was ist ihr ja noch nie passiert!

Tinas Mum lächelt. „Also, ich sage dir mal etwas ganz Unkosmisches: Wenn du nichts isst, dann funktioniert der Kreislauf nicht, da kann einem eben schlecht werden – vor allem, wenn man aufgeregt ist. Das hat mit Horoskopen nichts zu tun."

Sie reicht Becky die Tomatensoße. „Und schlechte

Mathenoten", fügt sie entschieden hinzu, „stehen auch nicht in den Sternen, sondern die bekommt man, wenn man nicht gelernt hat."

Becky schweigt betroffen, auf einmal kommt sie sich richtig dumm vor.

„Erzählt mir mal mehr von dieser Lee!"

Das lassen sich die beiden Mädchen natürlich nicht zweimal sagen, und als Tinas Mutter hört, dass Lees Sternzeichen Löwe ist, nickt sie verstehend.

„Das ist typisch, man sagt, Stier und Löwe haben einfach keine gemeinsame Wellenlänge."

Sie lächelt ihre Tochter an. „Aber Steinböcke, die passen prima zu Stieren."

Becky schnaubt verblüfft. „Meine beste Freundin, Claire, ist Steinbock".

Tina lächelt zögernd. „Und ich auch!"

Becky wird neugierig. „Und was ist noch so typisch Stier?", fragt sie. „Außer das ‚Mit-dem-Kopf-durch-die-Wand' und so?"

Tinas Mum geht kurz raus und kommt nach einer Minute mit dem schweren, ledergebundenen Buch zurück, dass Becky schon am Tag des Einzugs so interessiert hat. Sie blättert und beginnt vorzulesen.

„Stiere sind sehr praktisch veranlagt und legen Wert auf den Besitz von materiellen Gütern. Sie sind Genussmenschen, die gutes Essen, schöne Dinge und Dekorationen zu schätzen wissen. Außerdem sind sie sehr willensstark und manchmal sogar stur! Beständigkeit und Zuverlässigkeit sind ihnen wichtiger als Abwechslung und Spontanität."

Becky nickt bedächtig. „Das kommt mir irgendwie bekannt vor."

„Trotzdem", mahnt Tinas Mum, als sie die zwei nachdenklichen Gesichter vor sich sieht, „jeder Mensch unterliegt so vielen anderen Einflüssen ... man sollte das mit den Sternen ganz locker sehen."

Jetzt überzieht ein breites Lächeln ihr Gesicht. „Merkt euch meine Worte – immerhin kommt der Rat von einer Expertin."

Hi Claire,

ich befinde mich im Tal der Tränen: Ich hab's versaut!!!! :-((

Hab den Text vergessen, und Lee hat die Hauptrolle bekommen. Könnte ausflippen. Den Romeo spielt natürlich ER!!

Und ich soll Romeos Freund spielen, ausgerechnet!!!

Sorry, rede nur von mir, wie sieht's bei dir aus? Was macht dein Spanisch? Kannst du schon verstehen, was die alle so von sich geben? :-) Ist ja wichtig: Stell dir vor,

dich macht ein Traumtyp an und du verstehst nur Bahnhof – das geht ja gar nicht!

   Lieben Gruß, bis bald, Becky

   PS: Mir fehlen unsere Kochsessions, probier mal die
Walnuss-Obstsuppe!

Becky drückt auf „Senden". Nachdenklich spielt sie mit
einem Stift. Eines hat sie immer noch mit keinem Wort
erwähnt: Tina!

4

Drei Wochen sind seit dem Drama bei der Rollenvergabe vergangen. Ihre Eltern hatten Becky, wie zu erwarten war, nach dem missglückten Vorsprechen zwar getröstet, aber die Fünf in Mathe hat sie dann doch ziemlich aufgeregt. Besonders gut drauf ist Becky ehrlich gesagt immer noch nicht, aber sie stürzt sich voll in ihre Rolle als Romeos bester Freund.

Zweimal pro Woche proben sie. Wenn sie mit Jo zusammen eine Szene einstudiert, ist ihr immer noch ganz komisch zumute, vor allem, wenn Lee da noch herumscharwenzelt.

Ich muss das professionell sehen. Auf der Bühne bin ich eben nicht mehr Becky, sondern Benvolio, Romeos Cousin und Freund … !

Becky sitzt mal wieder mit dem Textheft im Wohnzimmer. Gerade liest sie eine wunderschöne Stelle: Julia sieht Romeo und verliebt sich sofort.

Ach ja, wenn ich die Julia spielen würde …

Da ruft Paps sie zu sich ins Arbeitszimmer. „Rebecca, wir müssen uns mal unterhalten."

Becky setzt sich auf den freien Stuhl.

„Rebecca" … oha! Was kommt denn jetzt?

„Also …", beginnt ihr Vater und setzt ein hochoffizielles Gesicht auf. „Deine Mutter und ich haben uns gestern beim Elterntag mit deinem Mathelehrer unterhalten, und ich muss sagen, wir machen uns alle etwas Sorgen wegen deiner Mathenoten."

Angeklagte, was sagen Sie zu dem Vorwurf, die Mathematik abgeschossen zu haben? Mist! Den Sprechtag hatte ich total verdrängt!

Becky versucht, schuldbewusst auszusehen, erfahrungsgemäß stehen Eltern auf Einsicht und Besserungsgelöbnisse.

„Weißt du, Paps, ich habe mich die letzten Wochen wirklich zusammengerissen, und die Mathearbeit letzte Woche ist bestimmt besser ausgefallen!"

Na ja … hoffentlich zumindest …

Sie versucht, ein bisschen auf die Tränendrüse zu drücken. „Überhaupt, du glaubst gar nicht, wie streng der neue Mathelehrer ist … Ich glaube, der mag mich auch nicht. Von Anfang an hat der mir das Leben schwer gemacht."

Ihr Vater ist völlig unbeeindruckt. „Versteh mich nicht falsch", sagt er, ohne eine Spur von Mitleid in der Stimme. „Wir sind sehr stolz auf dich und finden es klasse, dass du mit so viel Begeisterung bei der Schulvorführung mitmachst, aber ...", seine Miene wird jetzt richtig ernst, „wenn du diese Mathearbeit auch verhauen hast, wird das Theaterspielen gestrichen."

Becky schluckt.

Vielen Dank, nur keinen Druck.

Trotzdem, jetzt hat sie wirklich ein Problem. Denn Becky hat überhaupt kein gutes Gefühl, was diese zweite Arbeit betrifft.

Katastrophal – ja, das trifft es wohl eher.

Ziemlich kleinlaut geht sie wieder in ihr Zimmer und öffnet den Kleiderschrank. Dass Eltern auch immer so streng sein müssen!

Ein Hoffnungsschimmer bleibt mir aber noch.

Ihre Stimmung hellt sich etwas auf: Onkel Charley will heute vorbeikommen.

Wenigstens einer, der mich versteht. Vielleicht kann er mit Mama und Paps sprechen und ein bisschen gut Wetter für mich machen!

Sie geht in ihr Zimmer und setzt sich an den Schreibtisch. Eigentlich muss sie ja Bio lernen, doch dann fällt ihr siedend heiß das nächste Problem ein.

Wie soll ich Claire von Tina erzählen? Irgendwie mag ich sie ja doch total gern, schon deswegen, weil sie mir nach dem Pleitentag so beigestanden hat ...

Nachdenklich kritzelt sie auf einem Blatt herum, seufzt und gibt den Versuch zu lernen auf. Stattdessen schnappt sie sich ein Foto, das sie und Claire in Spanien zeigt: Arm in Arm stehen sie da und grinsen in die Kamera.

Na ja, neulich hat Tina schon etwas komisch geschaut, als ich ihrer Mum erzählt habe, dass Claire meine beste Freundin ist. Vielleicht ist sie doch eifersüchtig? Und ob Claire eifersüchtig ist, wenn sie erfährt, dass ich inzwischen eine neue Freundin gefunden hab? Das fände ich noch viel schlimmer!

Viel Zeit zum Grübeln bleibt ihr allerdings nicht mehr, denn an diesem Nachmittag ist sie mit Tina zum Shoppen verabredet.

Prompt klingelt es an der Tür. Sie schaut prüfend in den Spiegel, legt noch etwas Lipgloss auf und stürzt los. Schon durch die Wohnungstür hört sie Stimmen und Gelächter, und als sie öffnet, stehen da nicht nur Tina mit ihrer Mum, sondern auch Onkel Charley.

Becky fällt ihrem Onkel um den Hals. „Onkel Charley, an dich habe ich gerade gedacht! Was macht ihr denn alle zusammen hier?"

„Reiner Zufall." Ihr Onkel lächelt. „Also, was ist jetzt? Darf ich eintreten?

Becky lacht. „Du fragst doch sonst auch nicht!" Dann wendet sie sich entschuldigend an Tina und deren Mutter. „Hallo, Frau Regner, hi, Tina ... Kommt doch erst mal alle rein!"

Zu ihrem Onkel sagt sie: „Mama und Paps sind gerade was besorgen, sie kommen bestimmt gleich wieder."

Tinas Mum zögert. „Also, ich möchte eigentlich nur meine Tochter hier zum ... wie nennt ihr das? ... ‚Kampfshoppen' abliefern und will gleich weiter, selbst noch ein paar Einkäufe erledigen."

„Ist das denn so dringend?", fragt Onkel Charley, sichtlich gut gelaunt. „Wie wäre es denn, wenn wir in dem Café an der Ecke alle noch einen Stärkungskakao trinken, bevor es losgeht?"

Tina und Becky müssen nur einen kurzen Blick wechseln. „Ich glaube, wir wollen lieber....", fängt Becky an.

„... gleich los", beendet Tina den angefangenen Satz. „Wir haben's eilig, die Geschäfte schließen in ...", sie wirft einen Blick auf ihre Armbanduhr und sagt mit gespielter Verzweiflung: „... vier Stunden und zweiundzwanzig Minuten!"

Tinas Mum schaut von einer zur anderen, dann wieder zu Onkel Charley.

„Also, ich bin ausgesprochener Kakao-Fan", sagt sie und lächelt ihn unsicher an, worauf er sie offen anstrahlt.

„Ihr könnt ruhig schon vorlaufen, damit euch die Läden nicht vor der Nase zumachen", fordert er die Mädchen auf, die schon ungeduldig mit den Füßen scharren.

Kopfschüttelnd machen sich Becky und Tina auf den Weg.

„Dein Onkel sieht übrigens echt klasse aus", stellt Tina fest, während sie auf die U-Bahn warten.

„Komisch", sagt Becky nachdenklich. „Ist mir irgendwie noch gar nicht aufgefallen."

Fragend sieht sie Tina an, die geheimnisvoll lächelt. „Also, ich glaube, meiner Mum hat er ziemlich gut gefallen. Sie ist sonst eher schüchtern", fügt sie erklärend hinzu.

„Ach so!" Becky muss lachen. „Er ist auf jeden Fall echt locker drauf und mein Fels in der Brandung! Er ist genau so ein Theaterfan wie ich, und wenn meine Mutter Stress macht, kann er sie manchmal so richtig um den Finger wickeln."

Die Fahrt ist kurz, und schon nach wenigen Stationen steigen die Mädchen aus, direkt vor einem Einkaufszentrum, das in allen Farben schillert.

Becky bewundert die herbstlichen Dekorationen. „Wo wollen wir zuerst hin?", fragt sie schließlich.

„Wie wär's, wenn wir uns erst einmal ein bisschen treiben lassen, um einen Überblick zu bekommen?", schlägt Tina vor.

„Perfekt!", stimmt Becky ihr zu.

Gut gelaunt schlendern sie in das Einkaufszentrum hinein und schnell ist klar: In Sachen Geschmack liegen sie auf der gleichen Wellenlänge. Alle zwei Minuten bleiben sie an etwas kleben und zeigen sich gegenseitig, was sie besonders schrecklich oder interessant finden.

„Nur gut, dass du auch so auf Klamotten stehst", stellt Becky fest, woraufhin Tina losprustet. „Stimmt, stell dir vor, ich wollte lieber in den Landkartenladen dort drüben …"

„… oder in das Reformhaus", ergänzt Becky und stößt völlig übergangslos einen lauten Schrei aus: „Stopp! Siehst du die supersüße Jacke dort? Da steht mein Name drauf!" Aufgeregt greift sie nach dem Preisschild. „Huch! Die haben ja wohl 'ne Meise, ich will nur die Jacke und nicht den ganzen Laden kaufen … komm, lass uns weitergehen."

Nach einer Stunde sind sie fix und fertig, und Becky stöhnt: „Mensch, ich vergesse immer wieder, dass Bummeln sooo anstrengend sein kann. Ich bin total groggy!"

Tina nickt. „Ich glaub, ein Schwächeanfall steht kurz bevor – wir sollten unbedingt was essen!"

Und, oh Wunder!, sie stehen gerade vor einem Café. Dort bestellen sie sich zwei große Tassen Kakao und verputzen den laut Becky „weltgrößten und besten" Schokoladenbrownie aller Zeiten.

Frisch gestärkt stürzen sie sich kurz darauf wieder ins Getümmel. An einem der Schaufenster bleibt Tina begeistert stehen und zeigt auf das Outfit der Schaufensterpuppe. Die trägt eine enge Hose aus schwarzem Jeansstoff. Das Oberteil, ein locker gestrickter Rollkragenpulli mit weit ausfallenden Ärmeln, passt im Ton genau zu den dunkelgrünen Lederstiefeletten.

„Das würde dir megastark stehen, Becky!"

Becky zögert. „Na, ich weiß nicht, das betont dann doch ein bisschen zu sehr die Beine, glaub ich."

Sie will vor Tina nicht unbedingt zugeben, dass sie sich beintechnisch manchmal etwas weniger wünschen würde. „Quatschi, das wird dir super stehen", sagt Tina ungerührt und schleift Becky in den Laden.

„Wow!" Die Mädchen sehen sich beeindruckt um.

„Becky, schau dir mal die weiße Ledercouch an. Cool, da passt ja unsere ganze Schulklasse drauf!"

Tina setzt sich und schlägt elegant die Beine übereinander. „Und jetzt machen wir eine Modenschau!"

Becky stimmt ihr begeistert zu und hoch konzentriert durchforsten sie sämtliche Ständer im Kleiderwald. Im Hintergrund laufen Songs aus den Charts, und Becky stellt sich vor, sie wären professionelle Topmodels, die mal eben in Mailand zwischengelandet sind und checken, was die neue Kollektion so zu bieten hat ...

Tina ist hinter dem Kleiderberg, der sich auf ihrem Arm stapelt, kaum noch zu sehen.

„Los!", befiehlt sie der verdutzten Becky. „Anziehen und raus auf den Laufsteg."

„Moment mal, das kann ich auch", erwidert Becky und greift nun ihrerseits nach einigen Teilen, die sie sich an Tina gut vorstellen kann.

Schwer beladen gehen die zwei in Richtung Umkleide, wo sie sich zwei freie Kabinen nebeneinander sichern und sich dann gegenseitig die ausgesuchten Kleider in den Arm drücken.

„Also los!", gibt Tina den Startschuss.

In ihrer Kabine dreht und wendet sich Becky unsicher vor dem Spiegel. Tina hat ihr tatsächlich den grünen Strickrollkragenpullover vom Schaufenster ausgesucht und diese Jeans hing auch da draußen. Als Erstes schlüpft sie in den Rollkragenpulli.

Okay, der geht.

Misstrauisch beäugt Becky die enge Jeans.

Na ja, die passt eh nicht …

Vorsichtig zieht sie den schwarzen Stoff an ihren Beinen hoch und –

Halli-hallo, Stretchstoff, ich krieg dich ja doch zu!

Schnell schlüpft sie jetzt noch in die Stiefel, die ihr wirklich ziemlich gut gefallen, auch wenn sie ein klitzekleines bisschen zu groß sind. Kritisch betrachtet sie sich in dem Spiegel.

„Und, wie sieht's aus?", fragt Tina durch die dünne Kabinenwand.

„Ach, ich weiß nicht, ich glaub, die Sachen sind mir bisschen zu eng und zu ausgeflippt. Komm mal rüber!"

Tina wechselt die Kabine, wirft zuerst einen kritischen Blick auf Becky und tippt sich dann an die Stirn. „Du spinnst ja! Das steht dir supergut! Grün ist eindeutig deine Farbe, passt wunderbar zu deinen Augen!"

„Du siehst aber auch spitzenmäßig aus", sagt Becky bewundernd.

Tina hat einen lila Minirock aus Cord an, dazu einen grauen Strickpulli mit süßen Puffärmeln. Zum Rock trägt sie schwarze Strumpfhosen, die in kniehohen lilafarbenen Lederstiefeln stecken. Ihre langen blonden Haare friemelt Tina mit einem Gummiband nach oben und befestigt nun noch einen breiten Haarreif, der ebenfalls lila ist.

„Granatenstark! Wie bei einem Model!" Das meint Becky ganz ehrlich.

„Fertig!" Tina klatscht kurz in die Hände. „Meine Damen und Herren, sehen Sie jetzt: Die neue Herbstschau. Direkt aus Mailand eingeflogen!"

Becky sieht sich unauffällig um, aber die Luft ist rein, weit und breit niemand in Sicht.

Tina wirft sich in Pose und beginnt, im Takt der Musik den langen Gang vor den Umkleidekabinen hoch- und wieder zurückzulaufen, so, als wäre es ein echter Catwalk.

„Das sieht klasse aus, total abgefahren!", ruft Becky. „Yes, Baby, zeig uns, wie man läuft!" Mit verstellter, quäkiger Stimme kommentiert Becky jetzt Tinas Modelwalk, bis die beiden nicht mehr können und losprusten.

„Jetzt du!", verlangt Tina und zieht Becky sanft, aber bestimmt in Richtung Mittelgang.

Becky stellt sich in Positur.

„Warte! Noch eine Sekunde." Tina düst ab und kommt gleich darauf mit einem silbernen Schal und einer schwarzen Sonnenbrille zurück. „Hier, Baby, setz die auf, das ist das Tüpfelchen auf dem i."

Becky versucht, ein ernstes Gesicht zu machen, setzt sich in Bewegung und schwebt hüftschwingend den Gang entlang.

Tina steht grinsend an der Seite und reckt den Daumen in die Luft. „Yeah, Baby, das ist wahrer Starappeal! Und jetzt noch einmal! Nicht nachlassen!"

Mutig geworden versucht Becky, eine Art Pirouette zu drehen, doch da strauchelt sie und verliert beinahe das Gleichgewicht.

Kritisch begutachtet sie ihre Schuhe.

Okay, vielleicht doch lieber eine Nummer kleiner ...

Dann richtet sie sich wieder auf und vor ihr steht ...

Er. Schluck!

... und schaut sie interessiert an.

„Ho!", hört sich Becky zu ihrem eigenen Entsetzen sagen. „... äh, ich meine: Jo, du hier?"

Wieso kann sich nicht einfach der Erdboden auftun und mich verschlucken?

Sie zieht blitzschnell die Sonnenbrille ab und dreht verlegen an den Bügeln. Ihr wird total warm.

Hat wohl jemand die Heizung angedreht.

„Starker Auftritt!", kommentiert Jo und lacht leise.

Sein Freund Stefan kommt nun auch näher. „Hey, ihr seht echt spitzenklasse aus!", stellt er anerkennend fest.

Blitzschnell überlegt Becky, wie sie sich am geschicktesten unauffällig in Luft auflösen könnte, aber da kommt Tina an ihre Seite, und nun muss Becky sie natürlich vorstellen.

„Tina, das sind Jo und sein Freund Stefan. Ihr habt euch ja bestimmt schon in der Schule gesehen", sagt sie und erklärt: „Tina ist erst seit den Sommerferien bei uns an der Schule, also in meiner Klasse."

Ruhig bleiben, ruhig bleiben.

Jo und Stefan mustern Tina interessiert.

„Sag mal ... Du bist doch auch im Vorbereitungskomitee für die Theaterfeier, stimmt's?", wendet sich Tina jetzt an Stefan.

Sein Gesicht verzieht sich zu einem breiten Lächeln: „Ja, stimmt, jetzt weiß ich auch, warum du mir so bekannt vorkommst. Sorry, dass ich dich nicht erkannt habe, aber in dem Outfit siehst du extrem anders aus.".

Na, klasse! Ich steh hier doof rum, und die beiden halten Kaffeekränzchen.

Gerade will Becky den Rückzug antreten, da spricht Jo sie auf einmal an: „Das grüne Teil steht dir echt gut!"

Becky traut ihren Ohren kaum.

In ihrem Magen kribbelt es plötzlich wie verrückt.

Ob in dem Brownie vorhin Schmetterlinge drin waren?

„Danke", bringt sie mühsam heraus. „Ich muss jetzt ... Ich geh mich mal wieder umziehen."

Während sie in der Kabine hockt und sehnsüchtig wartet, dass Tina und Stefan mit dem Quatschen aufhören, verflucht sie ihre Schüchternheit.

Wieso kann ich nicht so cool sein wie Tina?! Stattdessen verkrieche ich mich hier in der Kabine …

Eine kleine Ewigkeit und etliche Einkaufstüten später stehen die beiden Mädchen mit ihren Schätzen wieder an der U-Bahn.

„Du hast was?!", platzt es aus Becky heraus. Tina hat ihr gerade eröffnet, dass sie Stefan ins Kino eingeladen hat.

„Du? Ihn eingeladen?" Becky kann es kaum glauben. Sie selbst schafft es nicht mal, „Hallo" zu sagen, ohne sich dreimal zu versprechen und vor Scham zu versinken, und Tina fragt mal eben einen Typen aus der Oberstufe, ob er mit ihr ins Kino will.

„Na ja, ich hab ihn ja nicht gefragt, ob er mich heiraten will", wehrt Tina ab. „Schon mal was von Gleichberechtigung gehört?"

In diesem Moment klingelt Beckys Handy, und sie wühlt in den Tiefen ihrer Manteltaschen. „Hallo? Becky hier!"

Tina zieht fragend die Augenbraue hoch.

Becky winkt ab. „Nein, Mama, wir sind nicht entführt worden. Ja, Mama, wir sind zu spät, sorry, ja, wir sind schon auf dem Heimweg, sind in einer halben Stunde da."

Sie steckt das Handy weg und grinst Tina an. „Nein,

Mama, wir können jetzt nicht heimkommen, wir haben grade einen wichtigen Modeljob in Mailand zu erledigen, Ciao ..." Sie kichern los.

„Jetzt mal im Ernst", meint Tina. „Das war echt abgefahren in dem Laden! Gut, dass du den Pulli und die Hose gekauft hast." Und laut überlegt sie: „Ich glaub, ich werde Mum fragen, ob sie mir die lila Lederstiefel zum Geburtstag schenkt."

„Gute Idee! Aber sag mal, was hat denn Stefan nun geantwortet?"

Tina zuckt mit den Schultern. „Och, ich glaub, das fand er cool. Er hat gleich vorgeschlagen, nach den Treffen des Komitees mal zusammen ins Kino oder ins Café zu gehen." Verschmitzt lächelnd hakt sich Tina bei Becky unter. „Wir könnten dann ja auch mal was zu viert machen, oder?"

Fragend schaut Becky sie an.

„Oder glaubst du, ich habe noch nicht geschnallt, dass du auf Jo stehst?!", sagt Tina geradeheraus.

Becky schaut verlegen zur Seite. „Merkt man's so sehr?", fragt sie kleinlaut.

„Man vielleicht nicht, aber ich glaube, ich kenne dich inzwischen ein bisschen besser als *man*."

Die U-Bahn fährt ein, und sie suchen sich zwei freie Plätze. Tina rückt ihren Schal zurecht.

„Und auch, wenn *ich* anscheinend *nicht* deine beste Freundin bin: *Du* bist *meine*", redet sie scheinbar unbekümmert weiter, während es in Becky arbeitet.

Wenn ich Tina jetzt alles von Jo erzähle, dann ist Claire nicht mehr die Einzige, die davon weiß. Ist sie dann trotzdem noch meine beste Freundin?

Sie atmet tief durch und drückt schließlich Tinas Arm. „Also mal ehrlich, findest du nicht auch, dass Jo und ich ein superschönes Paar abgeben würden?", worauf Tina wie aus der Pistole geschossen antwortet: „Klar, wie Romeo und Julia."

Die beiden Mädchen lächeln sich an und wissen, dass sie ab jetzt echte Freundinnen sind.

Hola Becky,

sorry, dass ich mich erst jetzt melde: Hier geht es drunter und drüber, aber mein Spanisch reicht inzwischen wenigstens aus, um zu unterscheiden, ob ein Typ mich anmacht oder nur nach dem Weg fragt. :-)

Mal was anderes: In meiner Schule ist ein Mädchen, mit dem ich manchmal lerne oder was unternehme. Sie ist echt locker drauf und ich bin mir sicher, ihr würdet euch super verstehen. Dachte, ich schreib dir das, sonst hab ich ein schlechtes Gewissen: Als würde ich was verschweigen oder so …

Gibt es Neuigkeiten von der Liebesfront?

Hab dich lieb!

Claire

PS: Habe Orangen-Muffins gebacken, sind wirklich galaktisch gut!

5

Becky wacht mit einem Lächeln im Gesicht auf.

„Love is a dream", haucht es aus dem Radio. Gerade eben hat sie noch geträumt, sie würde gemeinsam mit Jo in einem Garten sitzen. Um sie herum lagen unwahrscheinlich viele dunkelrote Rosen, und Jo legte seinen Arm um sie. Plötzlich war sein Gesicht ganz dicht vor ihrem, er kam immer näher.

Schade, dass der Wecker nicht eine Minute später geklingelt hat.

Vor sich hinsummend und pfeifend springt Becky auf, greift nach ihrem grünen Pulli und packt ihre Unterlagen in die lila Schultasche. Nachdem sie Claires letzte Mail gelesen hat, ist sie total erleichtert.

Klar, erst war sie ein wenig beleidigt. Hat ihre Freundin sie so schnell gegen eine andere ausgetauscht? Aber dann hat ihr Verstand gesiegt, und jetzt freut sie sich einfach für Claire.

Die Freundschaft zwischen ihnen besteht jetzt seit Jahren und auch, wenn sich vielleicht einige äußerliche Dinge ändern – das Band zwischen ihnen bleibt garantiert bestehen! Da ist sich Becky sicher.

Gut, dass ich Claire jetzt auch von Tina erzählen kann!

Nach einem zufriedenen Blick in den Spiegel geht sie in die Küche. Sie wirft einen Blick auf die Uhr und stellt fest, dass sie schon ziemlich spät dran ist.

Tina wartet bestimmt schon!

Nach einem Turbofrühstück stürzt sie los.

„Hier, nimm die für Tina mit!" Ihre Mutter drückt ihr eine Waffel in die Hand. „Das arme Mädchen hat doch immer so einen Hunger."

„Da bist du ja endlich!" Tina empfängt sie mit vorwurfsvollem Unterton. „Du weißt doch, der Kunert versteht keinen Spaß, wenn man zu spät kommt!"

Becky rümpft ungläubig die Nase. „Seit wann ist dir so wichtig, was der Kunert sagt?"

Tina verdreht in gespielter Verzweiflung die Augen.

„Mann, doch nicht wegen mir! Wegen dir! Der hat dich doch sowieso auf dem Kieker, da solltest du wenigstens pünktlich sein."

Das hört sich logisch an, und Becky legt einen Schritt zu. Keinen Moment zu früh: Die beiden schaffen es gerade noch, mit hängenden Zungen und beim letzten Klang der Schulglocke den Klassenraum zu betreten.

„Das war knapp." Ächzend lässt sich Becky auf den Stuhl fallen und schaut sich um.

Prompt fängt sie einen von Lees Schlangenblicken auf. Doch der lässt Becky ausnahmsweise kalt, denn der Mathelehrer hebt den Papierstapel vom Lehrerpult und beginnt, die Tests auszuteilen.

Nach und nach wird der Stapel immer kleiner. Tina hat wieder eine Zwei, aber Becky hat ihren Test immer noch nicht zurück.

Da, endlich!

Er legt die Arbeit auf ihren Tisch. Sie schaut auf das Blatt und schnappt erschrocken nach Luft: eine Vier minus! Verzweifelt legt sie den Kopf auf ihre Arme. Aber viel Zeit zum Trauern bleibt nicht: Kunert gibt Gas, ackert das neue Thema durch – und Becky kommt schon nach den ersten Minuten nicht mehr mit.

Nach dem Unterricht sammelt Becky langsam ihre Sachen ein.

„Rebecca, kannst du mal zu mir kommen?"

Becky nickt ergeben: Sie ahnt ja, was jetzt ansteht.

„Rebecca, das ist *nicht* bloß ein Formtief! Du siehst bestimmt ein, dass wir unbedingt etwas unternehmen müssen", sagt Kunert mit ernster Miene. „Ich habe schon mit einem Schüler aus der Oberstufe gesprochen. Er muss noch seine Termine prüfen, aber wenn es klappt, wird er dich direkt ansprechen, um die Zeiten festzulegen, einverstanden?"

Resigniert nickt Becky. Sie weiß, wann sie sich geschlagen geben muss.

Paps hat sich ja klar genug ausgedrückt. Wenn ich weiterspielen will, muss ich zeigen, dass ich mich in Mathe anstrenge.

Sie schnappt sich ihre Tasche, geht aus der Klasse und schaut sich nach Tina um.

Schade, die ist schon weg!

Aber dafür lungert Lee vor dem Klassenraum herum und blättert wieder in einer Zeitschrift.

Mir bleibt aber auch nichts erspart!

Aus irgendeinem Grund ist Lee seit ein paar Wochen besonders unerträglich. Immer, wenn sie Becky in der Nähe weiß, plappert sie gaanz zufällig davon, wie „seehr" sie in ihrer Rolle als Julia aufgeht, und singt Lobeshymnen auf sich selbst. „Also, *alle* sagen, ich wäre wie geschaffen für die Rolle, und Swobl meint, ich wäre die *beste* Julia, die er je gesehen hat."

Die blöde Ziege lässt wirklich keine Gelegenheit aus, um rumzuprotzen.

Becky will ganz cool an Lee vorbeigehen und versucht, deren spöttische Bemerkungen einfach zu ignorieren.

„Arme Becky, na, da scheint das Horoskop ja wirklich voll ins Schwarze zu treffen, nicht wahr? Die Pechsträhne reißt einfach nicht ab!'"

Becky macht sich nicht einmal die Mühe, stehen zu bleiben und zu fragen, worauf Lee jetzt wieder anspielt.

Wahrscheinlich hat sie eben an der Tür gelauscht.

„Du, sorry, aber ich bin wahnsinnig beschäftigt", ruft sie nur in Lees Richtung und beeilt sich, weiterzukommen.

Wo ist nur Tina abgeblieben?

Gedankenverloren, die Augen auf den Boden geheftet, geht sie weiter.

Kawumm!

Erschrocken fährt Becky zurück: Sie ist an eine weiche, rotpullovrig bestrickte Wand gestoßen. Langsam hebt sie den Blick und hält die Luft an.

Jo!

„Hey, Becky, du scheinst ja ziemlich in Gedanken zu sein!" Besorgt mustert er sie und fährt sich mit der Hand durch die Haare.

Bitte Gott, mach, dass mir wirkliche Worte über die Lippen kommen!

„Wie's geht? Gut! Gut!! Alles klar!!!"

Oh Dämon der Peinlichkeit, weiche von mir!

Jo schaut sie aufmerksam aus seinen dunkelbraunen Augen an ...

Oder vielmehr schokoladenbraun ...

... und schon fängt ihr Magen an zu knurren. Auch das noch!

„Also, der Mathe-Kunert hat mich angesprochen: Wie ich höre, brauchst du Nachhilfe?"

Becky glaubt für einen kurzen Moment, sich übergeben zu müssen. Er soll ihr Nachhilfe geben, wie soll das denn funktionieren?

Ich kann doch nicht lernen, während er neben mir sitzt. Ich kann ja noch nicht mal klar denken, wenn er nur vor mir steht. Das überlebe ich auf keinen Fall.

„Ah so, ja, stimmt", stammelt sie und versucht, cool zu bleiben.

„Okay, dann lass uns doch gleich einen Zeitpunkt ausmachen", sagt Jo, holt seinen Timer hervor und beginnt zu blättern. „Hmmm, wir können uns dienstags und donnerstags nach der siebten Stunde im Gemeinschaftsraum treffen. Da fangen doch die AGs an, und dann ist es dort bestimmt ruhig genug, um zu lernen." Becky kann ihm zu ihrem Leidwesen immer noch nicht antworten, sie kann ihm auch nicht in die Augen schauen. Ihr Blick bleibt an seinem roten Pullover hängen.

Der steht ihm total gut! ... Dieses Rot ... wie die Rosen aus meinem Traum letzte Nacht ... Oh nein, daran sollte ich jetzt wirklich nicht denken!

Schlagartig erinnert sie sich nämlich auch, wie sich im Traum ihre Gesichter immer näher kamen, und wieder steigt ihr die Hitze ins Gesicht. Sie wird augenblicklich mindestens so rot wie Jos Pullover.

Jetzt bleibt nur noch eins: Flucht!!

„Äh ... Dienstag ist okay, aber ich muss jetzt superschnell weg, Ciao!" Und damit dreht sie sich um und stürzt davon. Sie bekommt nicht mehr mit, dass Jo verdutzt stehen bleibt und ihr nachdenklich hinterherschaut.

„Mensch, das glaub ich einfach nicht!"

Tina steht mit offenem Mund an der Kasse, fast fällt ihr der Geldbeutel herunter. „Ausgerechnet Jo soll dir Nachhilfe geben?" Dann grinst sie breit: „Na, wenn das kein Wink des Schicksals ist!"

„Mann, Tina, du verstehst das nicht, ich bin so dermaßen schüchtern ... Wenn ich ihn sehe, stottere ich nur rum und bring keinen geraden Satz raus. Wie soll ich denn da was lernen, der denkt doch, ich bin gaga."

Becky schüttelt den Kopf, als Tina ihr einen Trostpudding anbietet.

„Hör zu, Becky", versucht Tina, die aufgelöste Becky zu beruhigen. „Ich muss heut noch zu einem Treffen vom Festkomitee, aber danach komm ich zu dir. Dann können wir alles bereden, ja? Mach dir nicht so einen Kopf um alles!"

„Na, *den* reißen mir meine Eltern eh nachher ab, wenn ich ihnen von der Vier minus erzähle", erwidert Becky trübsinnig.

Und wirklich: Ihre Eltern reagieren wie erwartet nicht begeistert, als sie von der schlechten Mathenote erfahren. „Bitte, bitte, ich werde mich noch mehr reinknien, aber lasst mich weiter zu den Proben!"

Becky wendet ihre ganze Überzeugungskraft auf und zieht am Schluss als Trumpf die Nachhilfestunden aus dem Ärmel. „Ich werde zweimal die Woche Nachhilfe nehmen, und ich werde jeden Tag extraviel üben, ich schwöre es bei meinem Leben!"

Beckys Mutter verzieht keine Miene, aber bei ihrem Vater zuckt es um die Mundwinkel. „Dramatisches Talent hast du jedenfalls." Er schaut sie eindringlich an. „In Ordnung, wir geben dir noch eine letzte – eine allerletzte! – Chance." Damit ist die Familiendebatte beendet,

obwohl Beckys Mutter offensichtlich nicht einverstanden ist.

Während ihr Vater im Arbeitszimmer in Deckung
geht, kündigt ihre Mutter schnaubend an, sie würde
jetzt einen Wutstrudel backen, und marschiert energisch in die Küche. Becky verzieht sich kleinlaut in ihr
Zimmer, wirft sich aufs Bett und vergräbt ihr Gesicht im
Kissen.

*Okay, okay, um die Nachhilfe komme ich also nicht he-
rum. Aber wie soll ich was kapieren, wenn Jo neben mir
sitzt?*

Klar, ein Teil von ihr ist auch aufgeregt und freut sich.
Immerhin kommt sie ihm auf diese Weise näher! Andererseits: Genau das ist ja das Beängstigende.

*Was mach ich bloß, wenn er merkt, dass ich ihn wirk-
lich gut finde?*

Da hört sie ein zaghaftes Klopfen an der Tür. Widerwillig hebt sie mit einem kurzen „Herein!" den Kopf, um
ihn sofort wieder in die Kissen sinken zu lassen.

Die Zimmertür öffnet sich einen Spalt, und Tina
steckt ihre Nasenspitze herein. „Und? Stimmung am
Boden?", fragt sie vorsichtig.

Becky rückt ein Stück zur Seite, um neben sich Platz
zu machen, und klopft einladend aufs Bett.

„Eher zweites Untergeschoss, würde ich mal sagen."

Tina streckt sich neben Becky aus und faltet die Hände auf dem Bauch. „Na ja, sieh es mal positiv: So eine Chance, an Jo ranzukommen, bekommst du nie wieder."

Becky setzt sich energisch auf. „Ja, das ist es eben. Wahrscheinlich fang ich auch noch an zu sabbern, wenn er neben mir sitzt." Kraftlos fällt sie zurück aufs Bett und denkt laut nach. „Es ist auch irgendwie schlimmer geworden, seit ich ihn öfter bei den Proben sehe. Ich krieg jedes Mal wieder weiche Knie", seufzt sie.

„Aber wenn du mit ihm auf der Bühne stehst, vergisst du doch nie den Text, oder? Ich meine, da ist er ja auch ganz in deiner Nähe."

Das scheint Tina auf eine Idee zu bringen, denn nun überlegt sie eine Weile und richtet sich schließlich kerzengerade auf. „Ich hab's! Wir spielen die ganze Nachhilfesache durch! Wie bei einem Theaterstück!"

Begeistert erklärt sie ihrer verdutzten Freundin den Plan. „Wir gehen die Mathesachen genau durch und machen eine Liste davon, was du nicht verstanden hast und ihn fragen möchtest. Und dann erzählst du das Ganze MIR, als wäre ich Jo."

Sie stürmt zum Kleiderschrank, reißt die Tür auf. „Und außerdem ...", begeistert zieht sie einige Klamotten heraus, „... gehen wir auch noch durch, was du anziehst. Ich wette, dann fühlst du dich gleich sicherer."

Sie hält ein dunkelgrünes Wickeloberteil mit Spitzenverzierung am Ausschnitt hoch. „Das hier! Das wird das Rennen machen: stylish, aber nicht zu aufgemotzt. Darin siehst du bestimmt süß aus, und das passt auch klasse zur lila Tasche!"

Becky ist skeptisch. „Ich weiß nicht, ob das funktioniert ..."

Da wird Tina wieder ernst und setzt sich neben die Freundin.

„Du willst doch unbedingt schauspielern, oder? So, wie ich die Sache sehe, ist dringend ein Mathewunder angesagt, sonst flippen deine Eltern aus und du kannst das Theaterstück vergessen, nicht wahr?"

Becky nickt langsam. Tina hat es auf den Punkt gebracht.

Jo kann noch so toll sein – das Theaterspielen werde ich nicht aufs Spiel setzen. Bloß, weil ich mich davor fürchte, ihm zu tief in seine Schokoaugen zu schauen.

„Du hast recht!" Kampfeslustig reckt sie ihre Faust gen Decke. „Ich werde im nächsten Test eine Eins schreiben und die wird mein Ticket auf die Theaterbühne!"

„Gut gestampft, Stier!", lacht Tina.

Da öffnet sich wie von Geisterhand Beckys Zimmertür, und ein Teller mit Kuchen schwebt herein.

„Hat hier jemand Interesse an einem Stück Wutstrudel?", fragt Onkel Charley und grinst die beiden freundlich an.

Das braucht er nicht zweimal zu fragen. Begeistert schnappt Becky nach dem Kuchenteller.

„Wann bist *du* denn gekommen? Hab dich gar nicht gehört."

Charley nimmt sich selbst ein Stück und macht es sich auf ihrem Schreibtischstuhl bequem. „Ich dachte, ich schau auf dem Heimweg noch mal kurz vorbei ... und siehe da: Es hat sich gelohnt." Genießerisch schiebt er sich einen Löffel Kuchen in den Mund.

„Wieso nennt ihr den eigentlich Wutstrudel?", fragt Tina neugierig.

„Das ist Tradition bei uns! Wenn meine Mutter einen Wutanfall bekommt, geht sie in die Küche und macht einen Strudel. Der Teig dafür muss wahnsinnig stark geknetet und bearbeitet werden, und sie haut da auch jedes Mal total wild darauf rum!" Becky fuchtelt mit den Armen und versucht vorzumachen, wie das aussieht. „Hinterher ist sie dann meistens viel besser drauf", beendet sie ihre Erklärung und beißt herzhaft in ihr Kuchenstück.

Onkel Charley ist als Erster fertig, vorsichtig setzt er den leeren Kuchenteller auf Beckys Nachttischchen ab.

„Na, dann lass ich euch Hübschen jetzt mal lernen."

Als er fast schon auf dem Flur steht, dreht er sich noch einmal um. „Tina, richte deiner Mutter doch bitte einen besonders schönen Gruß von mir aus, ja?" Mit diesen Worten zieht er sanft die Tür hinter sich zu.

Becky und Tina tauschen einen wissenden Blick. „Denkst du, was ich denke?"

„Ich denke schon!"

Mit einer schnellen Handbewegung schnappt sich Tina das Nachhilfeoutfit, presst es an sich und beginnt zu singen: „Love is in the air!" Dabei legt sie einen wilden Tanz hin, während Becky stöhnend zurück aufs Bett rutscht.

„Hör bloß auf! Vor lauter Strudelei hab ich gar nicht mehr an die Nachhilfe gedacht …"

6

Becky steht vor der Tür und kann sich nicht entschließen, die Klinke herunterzudrücken. Hätte sie doch nur nicht diesen fiesen Stein im Magen und so einen staubtrockenen Mund. Sie schaut auf ihre Uhr: Es ist genau 14.00 Uhr.

Ich muss da jetzt rein, sonst kommt er gleich raus, um mich zu suchen, und findet mich hier zur Salzsäule erstarrt rumstehen.

Sie atmet tief ein und aus. Was hat Tina gesagt? „Von Jo ablenken und auf Mathe konzentrieren."

Und sie ist ja auch gut vorbereitet, hat eine Fragenliste – na ja: eher einen ganzen Fragenkatalog dabei.

Es kann gar nichts passieren!

Mit Schwung öffnet sie die Tür und tritt ein. Der große Raum, der an manchen Tagen zum Bersten voll ist, wirkt jetzt beinahe verlassen: kein Schüler weit und breit – bis auf Jo.

Der hat es sich auf dem beigefarbenen Sofa in der Lernecke bequem gemacht. Auf dem Tisch vor ihm stehen zwei Gläser und eine Flasche Cola. Er scheint in irgendwelche Unterlagen vertieft zu sein und fährt sich mit der Hand durch die Haare.

Als Becky das sieht, wird ihr ganz anders: Diese Angewohnheit an ihm ist ihr schon öfters aufgefallen.

Am liebsten würde sie das auch mal bei ihm machen.

Klar, das sähe mir ganz ähnlich! Mal so eben fragen, ob ich ihm ein bisschen durchs Haar raufen dürfte ...

Becky, reiß dich zusammen: Jetzt ist Professionalität gefragt! Ich bin eine engagierte Nachhilfeschülerin, er ist bloß der Nachhilfelehrer!

Sie räuspert sich und Jo blickt auf. „Da bist du ja, dann können wir ja gleich loslegen."

Er winkt Becky neben sich aufs Sofa und zeigt grinsend auf die Flasche. „Ich hab uns Cola mitgebracht, damit wir nicht vor Müdigkeit einschlafen!"

Becky lächelt vorsichtig zurück und zieht Matheheft und Mäppchen aus der Tasche.

„Womit wollen wir anfangen?", fragt Jo, woraufhin sie erleichtert die Liste mit den Fragen hervorkramt und ihm zeigt. „Das alles hier muss ich irgendwie verstehen."

Sie tippt mit dem Stift auf die erste Frage: „Ich glaub, ich hab da gleich am Anfang was verpasst."

Jo nickt konzentriert. „Ja, das kenn ich. Und plötzlich weiß man nicht mehr, in welchem Film man sitzt."

Still liest er weiter und sagt schließlich: „Superidee, das mit der Liste! Das macht es viel einfacher, dann können wir die Fragen nacheinander abarbeiten."

Na, so was: Er scheint sich ja auch so seine Gedanken gemacht zu haben, wie er das hier angehen soll.

„Hast du schon mal Nachhilfe gegeben?", fragt Becky.

„Eigentlich nicht", antwortet er lachend. „Es sei denn, du zählst meinen kleinen Bruder aus der vierten Klasse mit. Dem helfe ich oft bei seinen Hausaufgaben!"

Schüchtern erwidert sie sein Lächeln und bekommt auf einmal so ein Gefühl, dass die Stunden mit Jo ziemlich nett werden könnten.

Erleichtert stürzt sie sich in die Tiefen des Mathekosmos, und als sie schließlich nach zwei Stunden ihr Heft zuklappt, das über und über mit Randbemerkungen bedeckt ist, schwirrt ihr der Kopf.

Aber ich hab echt verstanden, was Jo erklärt hat, und doof bin ich mir auch nicht vorgekommen … Mann, tut mir der Rücken weh.

Sie steht stöhnend auf und streckt sich.

„Na, eingerostet?"

„Und wie! Ich glaub, ich muss mal wieder schwimmen gehen!", sagt sie, ohne nachzudenken.

„Gehst du regelmäßig?", hakt Jo interessiert nach.

„Früher ja, aber in letzter Zeit komme ich einfach nicht mehr dazu!"

Grinsend räumt Jo die leeren Gläser beiseite. „Ja, wir haben im Moment echt viel um die Ohren mit all den Theaterproben und so." Er wuselt sich wieder mit der Hand durch die Haare. „Ich fand dich übrigens bei der Probe gestern wirklich super, du hast unheimlich viel Ausstrahlung auf der Bühne! Ich meine ..." Er gerät ins Stottern. „... natürlich nicht nur auf der Bühne. Also, was ich sagen will: Du hast richtig Talent!"

Becky traut ihren Ohren kaum und jubelt innerlich.

Freude schöner Götterfunken, ich hab Talent, yeah!

„Danke!", sagt sie lässig. „Du spielst aber auch klasse!"

Sofort hätte sie sich am liebsten auf die Zunge gebissen:

Jungs Komplimente machen, wie uncool!

Aber Jo sieht das anscheinend anders. Er wirft ihr lediglich einen prüfenden Seitenblick zu – so, als ob er herausfinden möchte, ob sie das ernst gemeint hat. Plötzlich schallt es durch den ganzen Raum: „Jo, hier bist du! Ich hab dich schon überall gesucht!"

Na, die hat echt ein Gefühl für Timing!!

Lee ist wieder mal ziemlich aufgetuned und wackelt auf Stöckelschuhen in Richtung Jo. Becky wirft sie einen eisigen Blick zu.

„Ich hab dir doch erzählt, dass ich heute Nachhilfe gebe!"

Seltsam, er klingt fast ein bisschen genervt.

Offensichtlich merkt Lee das aber nicht. Und ich hatte dir doch erzählt, dass ich heute mit dir shoppen gehen möchte, Süßer", gurrt sie und hakt sich bei ihm unter. „Aber du hast recht, es ist viel wichtiger, jemandem zu helfen, der es alleine nicht schafft und bei dem immer alles schiefgeht!" Mit unschuldigem Augenaufschlag dreht sie sich zu Becky um.

„Erst die Hauptrolle nicht zu bekommen und dann noch zweimal Mathe zu versemmeln …" Ihr scheinheiliges Lachen klingt in Beckys Ohren wie Ziegengemecker. Ganz fest wünscht sie sich, dass Lee ein Ziegenbärtchen wachsen möge, und zwar sofort.

Becky hat jedenfalls genug! „Also, ich muss dann mal, mach's gut Jo", murmelt sie und will verschwinden.

Da hört sie noch, wie Jo ihr hinterherruft: „Warte mal, Becky, wir sehen uns dann Freitag bei der Probe, okay?"

Ungläubig dreht sie sich um. Jo hat *ihr* nachgerufen, vor Lee!!

„Alles klar, bis dann!" So ruhig sie kann, geht sie weiter, während ihr Herz vor Aufregung Purzelbäume schlägt.

Weder sie noch Jo sehen den kalten Blick in Lees Augen.

Tina schweigt hingerissen, während die Freundin ihr von der Nachhilfestunde berichtet. Als sie hört, dass Jo Becky noch etwas nachgerufen hat, während Lee danebenstand, pfeift sie anerkennend.

„Das Gesicht von ihr hätte ich gern gesehen! Wenn sie nicht so zickig wäre, könnte sie einem schon beinahe leidtun."

Becky nickt. „Klar – wenn. Aber das war echt einfach nur affig, wie sie reingekommen ist und Jo angemacht hat. Hätte nur noch gefehlt, dass sie ‚Bei Fuß!' ruft ... Ich glaub, das war ihm voll peinlich!"

Sie lehnt sich auf ihrem Stuhl zurück.

Komisch, gestern hat mir so vor dem Treffen gegraut, und jetzt find ich es voll schade, dass ich noch zwei Tage warten muss, bis ich wieder Nachhilfe habe.

Plötzlich klingelt Tinas Handy. „Ja hallo, Tina Regner hier", meldet sie sich. „Ah, du bist das – hi!"

Und dann ist sie eine ganze Weile still, von gelegentlichen „Hm's" und „Aha's" einmal abgesehen. Wer auch immer da am anderen Ende der Leitung ist, scheint ihre gesamte Aufmerksamkeit zu beanspruchen.

„Ja klar, doch! Von mir aus gern", sagt sie schließlich. „Wann, meintest du? Ah ja, okay!"

Sie wirft Becky einen rätselhaften Blick zu. „Ja, werd ich, warum nicht. Also, bis dann!"

Tina klappt ihr Handy zu und schaut es an, als würde es gleich Beine bekommen und weglaufen.

„Das war Jos Freund Stefan, er hat gefragt, ob wir schwimmen gehen wollen."

Becky schaut Tina begeistert an. „Ihr habt ein Date?"

Tina schüttelt den Kopf. „Er hat gefragt, was ich heute noch so vorhabe, und gemeint, dass er grad mit ein paar Leuten aus der Clique im Schwimmbad abhängt. Ich soll hinkommen, wenn ich mag, und kann auch gerne noch jemanden mitbringen ..."

„Wen den mitbringen?", fragt Becky begriffsstutzig, worauf Tina verzweifelt aufstöhnt: „Guten Morgen, Rebecca Meissner! Na, wen schon? Dich natürlich!" Sie stupst Becky freundschaftlich in die Seite. „Her mit den Bikinis!"

Plötzlich wird Becky ganz anders im Magen. „Hat er gesagt, du sollst *mich* mitnehmen? Hat er *meinen* Namen gesagt?", fragt sie lauter, als es eigentlich nötig wäre.

Tina winkt beschwichtigend ab. „Nein, aber denk doch mal nach! Wer ist sein bester Freund? Romeo! Und wer ist meine beste Freundin? Benvolio! Das ist ja wohl ganz klar mal wieder ein Wink des Schicksals – mit dem Zaunpfahl! Ich geh jetzt schnell zu mir rüber, mein Schwimmzeug holen, in zehn Minuten bist du startklar, okay?"

Becky schaut sie verträumt an und nickt nur geistesabwesend.

Hallo Claire,

große NEUIGKEITEN. Ich hab 'nen Nachhilfelehrer.
Dreimal darfst du raten, wer das ist ...
Jo!! Erst hab ich mir vor Aufregung fast in die Hose
gemacht. Aber er ist superlieb, und ich hab sogar was
gelernt.
Und jetzt das Beste: Wir haben uns im Schwimmbad
getroffen. Es war zwar kein Date, weil seine Freunde
und Tina dabei waren – aber trotzdem ... Er hat beim
Bahnenschwimmen auf mich gewartet und dann mit
mir rumgealbert, mich sogar unter Wasser getunkt.
SCHMACHT :-)) Beinahe hätte ich ihm dann beim Auf-
tauchen Wasser ins Gesicht gespuckt.
PEINLICH.
Tina meint ja, er hätte mich dauernd angeguckt. Ich
hoffe, das lag nicht an meiner verschmierten Wimperntusche ...
Wie sieht's bei dir aus? Was macht der Typ aus deiner Klasse? :-)
Ich freu mich auf deine Antwort, dickes Bussi

Becky

PS: Ich hab ein echtes Honigkuchengrinsen auf dem Gesicht, was mich daran erinnert ... anbei mein Rezept für Honigkekse mit Krokantsplittern!

Zufrieden drückt Becky auf „Senden".

Dann nimmt sie ihr Textbuch in die Hand und betrachtet sehnsuchtsvoll das Titelbild. Auf dem lila Einband ist Julia abgebildet, mit dunklen, zu Zöpfen gebundenen Haaren. Seitlich neben ihr kniet Romeo mit einer Rose in der Hand. Becky seufzt.

Kitschig, aber schön!

Eigentlich sehen sie und Jo sich in letzter Zeit ziemlich häufig: bei den Theaterproben, auch wenn da immer eine Menge Leute dabei sind, und dann natürlich bei den Nachhilfestunden.

Da hab ich ihn sogar ganz für mich alleine.

Und es stimmt tatsächlich, was sie Claire geschrieben hat: Unbegreiflicherweise lernt sie sogar etwas in diesen Stunden.

Gerade erst heute Morgen konnte sie beim Kunert Eindruck schinden, weil sie sich freiwillig gemeldet hat – und zwar nicht, weil sie eine Frage hatte! Kunerts verdutztes „Respekt, Rebecca, das stimmt!" klingt ihr immer noch angenehm in den Ohren.

Becky fühlt sich einfach großartig.

So könnte es immer bleiben ...

Wenn, tja, wenn da nicht doch eine klitzekleine Sache stören würde: nämlich, dass Jo eine Freundin hat. Und diese Freundin Lee heißt.

7

 Völlig baff und mit spitzen Fingern hält Becky die glitzernde rosa Briefkarte in den Händen, als erwarte sie jeden Moment, dass diese beißen könnte.

EINLADUNG

… prangt dort in großen goldenen Buchstaben.

Tina ist gerade gekommen und hat ebenfalls ein rosa Etwas in der Hand.

„Wie kommt das bloß in meinen Briefkasten?", fragt sie ungläubig.

Auch Becky liest jetzt schon zum dritten Mal den Text auf der Kartenrückseite:

Liebe Becky! Hiermit bist du offiziell eingeladen zu meiner nächsten „Pyjama-Party" am kommenden Freitag um 19.30 Uhr.

Lee

Becky schnuppert an der Karte: Ihr ist, als könne sie Lees Parfum riechen.

Huch, wie dezent!

Sie setzt sich langsam aufs Bett. „Jetzt sind wir beide also zu einer von Lees berüchtigten Übernachtungspartys eingeladen? Unfassbar! Das ist *das* Megaevent überhaupt!"

Und sie erklärt weiter: „Einige Mädchen aus unserer Klasse würden wahrscheinlich ein halbes Jahr lang Lees Physikaufgaben erledigen – nur, um dort eingeladen zu werden."

„Was ist denn daran so toll?", fragt Tina erstaunt.

Becky zuckt die Schultern. „Keine Ahnung, die Partys sind irgendwie legendär, wahrscheinlich gerade, weil so ein Geheimnis drum gemacht wird. Man trifft sich abends bei Lee und übernachtet dann mit Matratzen in ihrem Zimmer, das – hier schwanken die Augenzeugenberichte – die Größe einer Fußballarena haben soll."

„Und weiter?", fragt Tina unbeeindruckt.

„Na ja, wär es nicht ausgerechnet Lees Party, dann wär es bestimmt ganz lustig: schmalzige Liebesfilme schauen und tratschen. Vor allem ...", Becky wedelt sich mit der Karte Luft zu, „gibt es als Highlight des Abends immer ein Mitternachtsbuffet, das extra von einem Gourmet-Service angeliefert werden soll."

Sie legt eine dramatische Pause ein und erzählt dann weiter: „Man munkelt, es gab das letzte Mal einen Schokoladenbrunnen!"

Tina wirft ihr einen vielsagenden Blick zu. „Schokobrunnen klingt klasse!"

Doch dann wird sie nachdenklich. „Warum lädt Lee ausgerechnet uns ein? Sie kann uns doch gar nicht ausstehen."

„Vielleicht ist sie über Nacht von Aliens entführt und ausgetauscht worden?", schlägt Becky vor. „Ich steig da sowieso nicht mehr durch. Seit Monaten hat sie es auf mich abgesehen, und in den letzten Wochen war es besonders schlimm – aber gestern und vorgestern war auf einmal alles easy. Vielleicht hat sie doch ein schlechtes Gewissen?"

Tina wiegt zweifelnd den Kopf hin und her. „Lee und ein schlechtes Gewissen, na ich weiß nicht ..."

„Und was machen wir jetzt mit der Einladung: Gehen wir oder gehen wir nicht?"

Tina denkt kurz nach. „Weißt du was, sehen wir das doch mal sportlich: Wir sind zu zweit, passen also schon mal gegenseitig auf uns auf."

„Argument Nummer eins", grinst Becky.

„Außerdem ...", fährt Tina fort, „... können die nicht über uns tratschen, wenn wir dabeisitzen, oder?"

Becky hebt eine Augenbraue. „Argument Nummer zwei, aber ziemlich schwach", kommentiert sie. „Die restlichen 99,9 Prozent ihrer Zeit können sie sich ja immer noch die Lippen wundlästern."

„Ja, aber dann ... dann gilt es noch das große Geheimnis zu lösen." Auf Beckys fragenden Blick ergänzt Tina: „Der Schokoladenbrunnen: Legende oder Wahrheit?"

„... und das wären dann die schlagenden Argumente Nummer drei bis zehn." Becky reckt ihre Hand mit der Einladungskarte in die Höhe: ‚Schokobrunnen, wir kommen!"

Es ist schon dunkel, als die zwei Mädchen aufgeregt vor Lees Haustür stehen. Bevor sie klingeln, schauen sie sich noch einmal fest in die Augen.

„Alles klar?", fragt Tina.

Becky nickt. „Ab in die Höhle der Löwin!"

Entschieden drückt sie den goldenen Klingelknopf. Es dauert keine zwei Sekunden, da steht auch schon Lee in der Tür. „Super, dass ihr da seid! Kommt rein, kommt rein!", säuselt sie und schüttelt ihre blonden Drahtlocken.

„Wow, was 'ne Nobelvilla", flüstert Tina leise, während sie Lee ins Haus folgen.

Lee zeigt nach oben. „Mein Zimmer ist in der ersten Etage, kommt mit! Die anderen sind schon alle da."

Sie steigen die Treppen nach oben und gehen durch einen langen, mit flauschigem rosa Teppich ausgelegten Flur, bis sie vor einer pink gestrichenen Tür stehen, an der ein riesiges goldenes „L" prangt.

Lee öffnet die Tür ...

Wow! Ich glaub, ich bin im Barbiehimmel!

... rosa Wände, rosa Teppichboden, an der rechten Wand ein grandioses Himmelbett, umhängt mit zartrosafarbenen Bahnen Satinstoff. Direkt vor ihnen, zwischen zwei riesigen Fenstern, steht ein rosa Schminktisch mit passendem Spiegel.

Becky muss an Tinas Mum denken. Die würde wahrscheinlich sofort sagen: „Passt zu Löwen, die haben immer einen teuren Geschmack."

Also, mir ist das zu plüschig, obwohl ... das Bett find ich cool ...

„Kommt doch erst mal richtig rein", drängt Lee die zwei staunenden Mädchen, und erst jetzt können sie sehen, wie riesengroß der Raum ist: Links steht eine prächtige pinkfarbene Couch, und davor liegen fünf Matratzen, allesamt bezogen mit rosa Bettwäsche, die außerdem noch mit kleinen rosa Herzen bedruckt ist.

Na ja, wer hat, der hat: fünfmal die gleiche Bettwäsche
und das alles nur für eine „Pyjama-Party"!

Auf einmal merkt Becky, dass sie von drei erwartungsvollen Augenpaaren angestarrt wird.

Aha, da ist ja der Hofstaat: Pat, Sarah und Claudia.

Damit sind sie wohl vollzählig – was ihre Hoffnung zerstört, dass vielleicht noch andere, neue Gesichter mit von der Partie sein könnten.

Sie schaut zu Tina, die gerade interessiert zu lauschen scheint, was Lee ihr erzählt, aber dabei an ihrem silbernen Haargummi herumspielt, den sie ums Handgelenk trägt. Becky weiß inzwischen genau, dass Tina das immer macht, wenn sie genervt oder gelangweilt ist. Erst neulich im Chemieunterricht hatte sie damit so lange rumgemacht, bis es plötzlich quer über zwei Tische hinweg direkt auf die erschrockene Lehrerin zuflog ...

„So, macht's euch bequem", lädt Lee jetzt lautstark ein und erfreut tönt es brav im Chor zurück: „Super, bequem machen!"

Sie haben alle schon ihre Schlafsachen an und zupfen nun an Beckys und Tinas Klamotten.

In welchem Film bin ich denn jetzt gelandet, das ist ja unheimlich!

„Wir bleiben erst mal so", sagt Becky entschieden und ignoriert das enttäuschte Gemecker. Sie hat wie Tina zwar Schlafsachen dabei, verspürt aber keine ausgeprägte Lust, diese schon anzuziehen.

Zielstrebig steuern Tina und Becky die zwei Matratzen an, die noch nicht in Beschlag genommen sind. Lee thront standesgemäß in ihrem rosafarbenen Satinpyjama auf dem riesigen Bett, ihre Füße, die in rosa Satinhauspantoffeln stecken, lässt sie dabei lässig baumeln.

„So, hiermit erkläre ich die Party für offiziell eröffnet. Pat, hol doch mal die Häppchenplatte und die Cola."

Pat springt pfeilschnell auf und kommt gleich darauf mit einem riesigen Teller zurück, auf dem kleine, aufwendig dekorierte Toasthäppchen mit Schinken oder Käse liegen. Becky läuft das Wasser im Mund zusammen, und als die Platte an sie weitergereicht wird, greift sie zu und beißt genüsslich in das Brot.

Hmmmm. Superlecker!

„Pat, gib Becky doch gleich noch eins." Aufmunternd schaut Lee sie an, und in genau diesem Moment weiß Becky, dass etwas nicht stimmt.

Sie hat die Bemerkung mit den stämmigen Beinen noch nicht vergessen – und Lee mit ihrer XXS-Hüfte lässt doch sonst keine Gelegenheit aus, um sie mit kleinen Sticheleien zu ärgern! Becky schluckt, auf einmal schmeckt es ihr nicht mehr. Hilfe suchend sieht sie zu Tina, aber die ist gerade dabei, sich ihrerseits zum dritten Mal zu bedienen. An ihr perlen solche Anspielungen ohnehin gänzlich ab.

Während Becky noch darüber nachdenkt, was sie jetzt machen soll, beginnt sich das Tratschrad zu drehen.

„... na, die Britt zum Beispiel ... hast du die neulich beim Schwimmen gesehen? Die hat sich echt nicht einmal die Haare unter den Armen rasiert. Ist das nicht eklig?" Angewidert rümpft die blonde Pat ihre Knubbelnase und wird mit lautem Gegacker belohnt. Nur Becky und Tina bleiben still.

Na, wenigstens kann ich mir jetzt vorstellen, wie die Meute abgeht, wenn wir nicht im Zimmer sind: Immer schön auf rasierte Achseln achten!

Da ergreift Tina gelassen das Wort: „Sagt mal, ist Ablästern jetzt der einzige Punkt auf der Tagesordnung, oder was?" Ihr Ton ist zwar bissig, aber der Gesichtsausdruck ... zuckersüß. Becky könnte Tina dafür knutschen.

Lee steht auf und klatscht in ihre Hände.

Die Stereoanlage springt an und erfüllt den Raum mit satten Bässen.

Lee greift sich ein Magazin von ihrem Nachttisch. „Kommt, Mädels, lasst uns mal sehen, was die Sterne so sagen." Sie blättert eifrig. „Sarah, du bist doch Fisch, oder?"

„Ja! Ja! Ja!", antwortet diese aufgeregt.

Lee beginnt, mit ernster Stimme vorzulesen:

„Du hast heute Abend viel Spaß, aber Achtung: Du neigst zur Völlerei, das ruiniert deine Figur!"

Sarahs Lächeln gefriert für eine Sekunde, aber dann dreht sie es wieder auf volle Wattzahl. „Hi, hi, ich sollte echt mal wieder Diät machen!"

Reihum bekommen jetzt alle ihr Horoskop vorgelesen. Nur Tina besteht darauf, auszusetzen. „Sonst gehe ich nämlich!"

Da gibt Lee nach. Doch bei Becky lässt sie sich nicht so leicht abwimmeln.

„Komm schon, sei kein Spielverderber, das hört sich total interessant an, das musst du hören:

Du wirst heute deine heimliche Liebe treffen, doch Vorsicht: Er wird sich leider von dir abwenden!"

Mitleidig fügt sie hinzu: „... oh Becky, das tut mir so leid für dich!"

Alle außer Tina sehen Becky jetzt an.

Was für ein Gequatsche!

Laut fragt Becky nur: „Und, was machen wir jetzt? Auf

Dauer ödet das mit den Horoskopen doch ziemlich an!"

„Meine Liebe." Lee schaut sie rätselhaft an. „Na, jetzt wird es richtig spannend, denn *jetzt* spielen wir Wahrheit oder Pflicht!"

Begeistertes Kreischen ist die Antwort.

Phh, das fehlt mir noch zu meinem Glück!

Läster-Pat ruft aufgeregt: „Ich fang an!" Sie zeigt auf Lee: „Wahrheit oder Pflicht?"

Lee zögert keine Sekunde: „Wahrheit!"

Pat scheint scharf nachzudenken.

„Wann hast du das letzte Mal einen Jungen geküsst?" Albernes Gekicher folgt.

„Ich? Gestern Abend", antwortet Lee gedehnt. „Und wen ich geküsst habe, muss ich ja wohl nicht sagen?!" Sie funkelt Becky an.

In Becky beginnt es zu arbeiten.

Was soll ich bloß nehmen, wenn ich drankomme? Wähle ich „Wahrheit", kommt vielleicht die unvermeidliche Frage, in wen ich im Moment verknallt bin. Und ich bin so eine miese Lügnerin ...

Da dreht Lee sich einmal um sich selbst und tut so, als müsse sie lange überlegen. Schließlich zeigt sie mit dem Finger auf Becky.

„Wahrheit oder Pflicht?"

Scheibenkleister! Ich kann doch unmöglich das Risiko eingehen, eine peinliche Frage zu kassieren …

„Pflicht!", sagt sie deswegen laut.

Lee schaut sie abschätzig an. „So, so, Pflicht? Hat da etwa jemand Angst, dass wir ihm ein Geheimnis entlocken könnten?" Dabei lächelt sie zuckersüß. „Na, dann eben Pflicht. Du wirst dich erst von uns verkleiden und schminken lassen, dann gehst du die Treppe runter, öffnest in voller Montur die Eingangstür und bleibst zehn Sekunden in der offenen Tür stehen!"

Kreischendes Gelächter schallt durch das Zimmer.

„Prima! Was für ein Spaß, Becky!", feuern die Mädchen sie begeistert an und beginnen sofort, verschiedene Kleidungsstücke rauszukramen.

Mit finsterem Blick zieht Tina ihre Freundin kurz beiseite. „Wollen wir gehen?"

„Kommt nicht in Frage!", beruhigt Becky sie. „Wir schauen bestimmt bald den Film, es ist ja schon fast neun – und das Mitternachtsbuffet lassen wir uns doch wohl nicht entgehen!", fügt sie hinzu und grinst breit.

„Ich werde im Schokobrunnen *baden*", verspricht Tina.

„Becky! Becky!"

Seufzend ergibt sich Becky in ihr Schicksal und greift

nach dem Fetzen, der ihr entgegengehalten wird. „Los, zieh das an! Komm schon, ist doch nur Spaß!"

Mühsam zwängt sie sich in den rosa Schlafanzug, der gute zwei Nummern zu klein ist. Sie kann die Knöpfe kaum vor der Brust schließen, und der Hosenbund kneift. Doch damit nicht genug: Der Stoff ist auch noch mit Schweinegesichtern bedruckt!

Sie versucht, Haltung zu bewahren, und tut so, als würde es ihr nichts ausmachen, dass sie wie eine Presswurst im Schweinedress ausstaffiert wird. Die Mädchen lachen inzwischen Tränen, nur Tina steht mit versteinertem Blick daneben.

„Sag mal, Lee, das ist doch bestimmt dein Pyjama, oder? Scheint ganz dein Geschmack zu sein!"

Lee hört jedoch nicht zu. Sie steht am Fenster und schaut interessiert auf die Straße.

„Jetzt der Rest", ruft Pat, zerrt Becky zum Schminktisch und setzt sie so hin, dass sie nicht in den Spiegel sehen kann. „Du darfst es erst sehen, wenn wir fertig sind!"

Pat öffnet ein Cremetöpfchen und verteilt eine matschige Pampe auf Beckys Gesicht.

„Macht mal schneller!", fordert Becky sie auf. „Langsam reicht's mir!"

Lee wendet sich ihr für einen Moment zu. „Kein Problem, sag ruhig, wenn du dich doch nicht traust", bietet sie ihr mit unschuldigem Babyblick an.

Lieber geh ich in diesem Aufzug auf die Bühne, als vor der klein beizugeben!

„Nein, nein, alles klar." Stolz hebt sie ihren Kopf und wartet ab, während die Mädchen sich weiter an ihr zu schaffen machen.

Jetzt setzen sie ihr eine Perücke Modell „Vogelnest" auf, die Wimpern werden getuscht und die Lippen mit grellrotem Stift nachgezogen. Becky schaut zu Lee, die immer noch, anscheinend durch irgendetwas abgelenkt, am Fenster steht und nervös auf ihre Armbanduhr sieht.

„Das reicht jetzt, Mädels, lasst sie runtergehen."

Plötzlich werden die anderen ganz hektisch: Halb ziehen, halb drängen sie Becky zum Treppenabsatz.

„Runter mit dir! Und vergiss nicht, du musst in der offenen Tür bis zehn zählen!"

Als sie Beckys zweifelndes Gesicht sieht, setzt Lee nach: „Sonst musst du noch mal wählen, und vielleicht möchtest du dann doch lieber Wahrheit nehmen?"

Der lauernde Ausdruck in Lees Augen gefällt Becky gar nicht. Doch dann läuft sie scheinbar gelassen die Stufen hinunter und zur Wohnungstür, während die anderen oben an der Treppenbrüstung warten.

Das werd ich locker hinbekommen! Kein Ding! Ist ja eh schon dunkel draußen ...

Energisch öffnet sie die Wohnungstür und ...

schaut ...

direkt ...

... in Jos Gesicht!

Vor Schreck verharrt sie mitten in der Bewegung. Es scheint, als würden sie sich eine Ewigkeit regungslos anstarren ... bis Lees Worte sie beide aus ihrer Erstarrung reißen.

„Hallo, Jo, mein Schatz! Ich hatte total vergessen, dass du kommen wolltest!"

Becky hört überhaupt nichts mehr. Sie stürzt unter Jos Blick und dem kreischenden Gelächter der Mädchen zurück ins Haus, die Treppen hoch und schließt sich in Lees Badezimmer ein.

Als sie sich im Spiegel sieht, bricht sie in Tränen aus.

Ich seh ja aus wie vom Mähdrescher überfahren und in die Mistgrube gefallen!

Ihre Augen sind dick mit Wimperntusche verklebt, der breit aufgetragene rote Lippenstift verleiht ihr ein groteskes Clownsgrinsen. Ein Bild des Elends, das nur noch von dem Presswurstoutfit übertroffen wird.

Beckys Tränen hinterlassen tiefe Spuren auf der langsam bröckelnden braunen Gesichtsmaske.

*Wie konnte ich nur so doof sein! Das hat die doch extra
so eingefädelt! Und Jo? Oh Gott, nie wieder kann ich ihm
unter die Augen treten!*

Tina klopft an die Tür und kommt herein.

„Hier sind deine Klamotten, lass uns so schnell wie
möglich abhauen!"

Becky schluchzt unterdrückt. „Ich kann so nicht raus-
gehen!"

Mit einem Blick auf Beckys verschmiertes Gesicht
stimmt Tina ihr zu und schaut sich suchend um. „Na,
was haben wir denn hier?" Sie zieht eines von Lees
blütenweißen Handtüchern aus dem Regal, macht es
feucht und wischt damit die Pampe aus Beckys Gesicht
ab. Bevor sie fertig ist, greift sie sich seelenruhig ein neues und tupft weiter, bis insgesamt zehn ehemals weiße,
frisch gestärkte Handtücher mit braun-schwarz-roten
Flecken gesprenkelt auf dem Badezimmerboden liegen.

„So! Jetzt bist du zwar etwas rot vom Rubbeln, aber du
siehst eindeutig wieder nach meiner Becky aus!"

Zufrieden nimmt sie ihre Freundin an die Hand, und
zielstrebig verlassen sie das Bad, um die Treppe anzu-
steuern – ohne sich von den Kommentaren der Mädchen aufhalten zu lassen, die schon auf sie warten.

„Das war doch nur Spaß!", ruft Pat und reißt die Augen
auf. „Seid doch nicht so empfindlich!"

Lee steht lässig am Fenster und tut, als könne sie kein Wässerchen trüben. „Ich hatte wirklich *total* vergessen, dass Jo noch vorbeikommen wollte, und außerdem ...", sie geht einen Schritt auf Becky zu, „...was macht es schon, was er von dir denkt? Du bist ihm doch völlig egal!"

Tina drückt wortlos Beckys Hand, und sie gehen, ohne noch einen Blick zurückzuwerfen.

Liebe, liebe Becky,
im Ernst: Ich finde nicht, dass du dich voll zum Trottel gemacht hast! Endlich hat Lee ihr wahres Gesicht gezeigt! Wenn Jo nur halb so toll ist, wie du denkst, dann fällt bei ihm jetzt auch mal der Groschen!

Übrigens: Meine Eltern haben ihr Okay gegeben: Ich werde in den Weihnachtsferien kommen! :-))

Ich freu mich auch darauf, Tina kennenzulernen, und wenn ich Lee in die Finger bekomme, werd ich der erst einmal ein paar spanische „Nettigkeiten" um die Ohren hauen! Olé!

Fester Trost- und Aufbaudrücker : -)))
Deine Claire

8

Die Tage ziehen sich wie Kaugummi: So richtig hat sich Becky noch immer nicht von Lees fieser Aktion erholt. Sie sitzt mit Tina im Eiscafé, und die beiden gönnen sich ein Spaghetti-Eis XXL, in dem sie genüsslich mit ihren Löffeln herumbohren.

„Eins ist klar! Ich gehe nicht mehr zu den Nachhilfestunden!", sagt Becky energisch. „Ich könnte es nicht ertragen, Jo ins Gesicht zu schauen."

Ihr wird immer noch vor Scham ganz heiß, wenn sie daran denkt, in welcher Aufmachung er sie bei Lee gesehen hat. Aber Tina ist anderer Meinung. „Verstecken ist doch keine Lösung! Und überhaupt: Wie machst du das denn mit den Theaterproben – willst du da auch nie mehr hingehen?" Betreten bohrt Becky einen Sahnetunnel in ihr Eis.

„Doch, klar, aber im Moment hab ich zum Glück keine Szenen mit Jo zu proben, da bleibt mir das erst mal erspart! Und mit der Zicke rede ich eh kein Wort mehr."

Seit jenem Abend ist Lee für die zwei Freundinnen Luft. Nicht, dass sie vorher viel miteinander zu tun gehabt hätten, aber jetzt ist es offiziell.

Dem Hofstaat war das Ganze jedoch offensichtlich peinlich. Sarah hat am Tag darauf sogar versucht, sich bei Becky zu entschuldigen.

Tina gibt sich alle Mühe, Becky aufzuheitern. „Lee kann uns doch mal den Buckel runterrutschen!"

Becky nickt, doch richtig zuversichtlich ist sie nicht. „Ich bräuchte irgendetwas, was mich wieder auf andere Gedanken bringt, ablenkt oder so."

In diesem Moment, als hätte das Universum ihren Wunsch erhört, klingelt plötzlich ihr Handy.

„Ja, Becky hier ... Hallo, Onkel Charley ... Wie es mir geht?"

Sie wirft Tina einen vielsagenden Blick zu. „Ging schon mal besser ... Du hast was? Karten für das Staatstheater? ... Heute Abend? Was sagen denn Paps und Mama? ... Echt? Tina kann ich auch mitbringen?"

Neugierig mustert Tina sie.

„... na klar, wir wollten uns eh auf den Weg machen, also bis gleich!"

Becky steckt das Handy ein und winkt dem Kellner aufgeregt zu. „Zahlen bitte!"

„Klärst du mich mal auf: Hab ich da was von Theater gehört?"

Becky nickt begeistert. „Onkel Charly hat von seinem Chef für heute Abend Karten geschenkt bekommen: ‚Viel Lärm um nichts' – eine Vorstellung im alten Staatstheater, mit allem Drum und Dran, in Schale werfen inklusive! Und wen nimmt er mit? Dich und mich!"

„Klasse! Ich kenn das Stück sogar. Das ist auch von Shakespeare. Eine Liebeskomödie, stimmt's?!" Und als sie Beckys erstaunten Blick sieht, fährt Tina fort: „Jetzt sieh mich nicht so erstaunt an. Ich hab mal die Verfilmung im Kino gesehen." Strahlend fügt sie hinzu: „Weißt du, wann ich das letzte Mal im Theater war? Vor Jahren! Wirklich lieb von ihm, mich mitzunehmen!" Sie kramt in ihrem Geldbeutel.

„Lass mal stecken", sagt Becky da. „Ich lade dich ein!"

Die beiden beeilen sich, um schnell nach Hause zu kommen.

Vor Tinas Haus verabschieden sie sich.

„Becky, ruf mich gleich an, wenn du weißt, wann wir losmüssen. Ich setz mich jetzt erst mal an die Deutschhausaufgaben."

„Mach ich!", verspricht Becky und geht vergnügt hinüber zu sich nach Hause.

Onkel Charley ist ein Schatz. Das ist genau das Richtige jetzt!

Sie öffnet die Wohnungstür und fällt ihrem Onkel gleich stürmisch um den Hals.

„Onkel Charley, ich freue mich riesig! Sind Mama und Paps schon weg? Die wollten sich doch heute mit Freunden treffen, oder?"

Onkel Charley nickt. Dann holt er die Karten und hält sie Becky vor die Nase.

„Eins, zwei, drei ...", Becky stutzt, „... *vier* Stück? Wer kommt denn noch mit?"

„Ach ..." Onkel Charly räuspert sich verlegen. „Ich dachte, wo Tina doch mitkommt, wäre es vielleicht eine nette Idee, wenn wir ... ihre Mutter fragen würden, ob sie mitkommen möchte? Ich meine, vielleicht ist ihr heute Abend langweilig?"

Er schaut etwas unsicher aus der Wäsche, und Becky muss innerlich grinsen.

Na, da hat es jemanden wohl ganz schön erwischt! Wie romantisch ...

Gut gelaunt springt sie auf und knuddelt ihren Onkel, so fest sie kann. Dann läuft sie schnurstracks zum Telefon im Flur, um Tina Bescheid zu sagen.

Tina freut sich so sehr, dass man es durch die Leitung spüren kann.

„Wart mal kurz", sagt sie und ist schon einen Augenblick später wieder dran. „Ist geritzt, sie freut sich total und schlägt vor, dass du mit deinen Klamotten rüberkommst und wir zusammen nach dem angemessenen Abendoutfit suchen."

Becky lacht. „Spitzenidee! Zusammen aufbrezeln macht noch mehr Spaß! Bis nachher!"

Sobald sie in ihrem Zimmer ist, setzt sie sich an ihren Schreibtisch und klappt das Matheheft auf. Onkel Charley hat versprochen, die „Damen" um Punkt 19 Uhr bei Tina abzuholen.

Wenn ich bis fünf fertig werde, bleiben uns also immer noch zwei Stunden …

Aber sie braucht für die Aufgaben sogar nur eine halbe Stunde.

Die Mathestunden mit Jo haben echt viel gebracht. Wir waren wirklich ein gutes Team …

Sie seufzt laut und packt ihre Schulsachen für morgen. Dann legt sie ihre derzeitige Lieblings-CD ein, dreht die Musik auf und beginnt, in ihrem Kleiderschrank zu wühlen. Weil sie sich nicht entscheiden kann, wirft sie kurzerhand einige Kleidungsstücke in ihre kleine Reisetasche, es folgen der Schminkbeutel und zwei Paar Schuhe. Schließlich schlüpft sie in ihren Mantel und macht sich auf den Weg nach nebenan.

Mit einem breiten Grinsen auf dem Gesicht öffnet Tina die Wohnungstür.

„Na, du?"

Ihre Mum ruft aus dem Hintergrund: „Immer herein-spaziert, wir machen hier grade eine kosmische Typbe-ratung."

Becky geht neugierig weiter in das schöne „Sternen-zimmer", wie sie es insgeheim nennt. Tatsächlich liegen jetzt – zu einem riesigen Berg aufgetürmt – etliche Klei-der auf dem Sessel.

„Was ist denn hier los?" Fragend blickt Becky zu Tina, die auf ihre Mutter deutet.

„Mum hat ein neues Steckenpferd: astrologische Typ-beratung ..."

Tinas Mutter nickt bekräftigend, während sie ein T-Shirt hochhält und begutachtet.

„Astrologische Typberatung – was ist das denn?", fragt Becky. „Schaut man da in sein Horoskop, wenn man nicht weiß, was man anziehen soll?"

„Quatschi!", antwortet Tinas Mum.

Aha, da hat Tina das also her!

„Es geht um die Theorie, dass es für jedes Sternzeichen typische Kleidungsstile, besonders vorteilhafte Farben, Accessoires und Schmuckstücke gibt, und die unter-streichen deine Persönlichkeit dann besonders gut."

„Soll das heißen, dass alle, die das gleiche Sternzeichen haben, auch die gleichen Klamotten tragen müssen?", fragt Becky, und laut denkt sie nach.

„Zum Beispiel Claire und Tina! Sie sind doch beide Steinböcke! Ich hab keinen Schimmer, was da typisch ist, aber Claire geht supergern auf Flohmärkten einkaufen und trägt eigentlich oft verspielte Kleider mit Rüschen und so ... und du", sie schaut Tina an, „du hast doch lieber moderne Klamotten und interessierst dich dafür, was gerade angesagt ist."

Tinas Mum hat inzwischen eine kurze Wühlpause eingelegt und ist in die Küche gegangen, um Kakao aufzuwärmen. „Du hast es immer noch nicht begriffen!", ruft sie laut aus der Küche.

„Was ist vergriffen?", fragt Becky verwirrt.

„Nein, ich meine be-griffen." Tinas Mutter balanciert anmutig drei große blaue Tassen auf einem Tablett und stellt es auf dem Wohnzimmertischchen ab. Dann reicht sie Becky eine Tasse.

„Die Sterne sagen doch nicht: So *muss* es sein, sondern: Es *kann* so sein. Es ist wirklich ganz interessant, sich das einmal unvoreingenommen anzuhören. Und wenn man mit Verstand an die Sache herangeht ...", sie trinkt einen Schluck Kakao, „... dann pickt man sich eben nur die Dinge heraus, die man für sich gebrauchen kann. Man muss sich trotzdem immer eine eigene Meinung bilden."

Hmm, interessant wär das ja schon ...

„Was ist denn so der typische Stier-Style?"

„Stierstyle?" Tinas Mum lacht amüsiert. „Jetzt habe ich dich also doch neugierig gemacht, oder?"

Sie steht auf, geht zu dem großen Bücherregal und greift einen dicken Schmöker heraus.

„Schauen Sie doch erst einmal, was bei Tinas Zeichen steht!", schlägt Becky vor, doch Tina verdreht die Augen.

„Mich lasst bitte aus dem Spiel – die Sterne sind mir schnuppe, das wisst ihr doch!"

Tinas Mum winkt ab und blättert in den Seiten. „Zum Beispiel du Becky, als Stier ..."

„Was ist mit mir?" Gespannt beugt Becky sich vor.

„Ah, da haben wir es ja! Stiere sind meist sehr stilsicher. Sie gehen gerne einkaufen, sind jedoch nicht verschwenderisch. Daher achten sie besonders auf eine gute Relation zwischen Preis und Qualität."

„Na, aber das macht doch jeder!", wendet Becky ein.

Doch Tinas Mum schüttelt den Kopf. „Also laut diesem Buch werden zum Beispiel Löwen beim Shoppen eher auf ihr Bauchgefühl als auf den weinenden Geldbeutel hören."

Becky muss sofort an Lee denken.

Das passt echt zu ihrem Designerfummeltick.

„Lass mal sehen, was steht hier noch ..." Tinas Mutter vertieft sich wieder in die Seiten. „Hier steht, dass vor allem Grüntöne deine Persönlichkeit besonders gut unterstreichen."

„Echt?", fragt Becky erstaunt und erinnert sich wehmütig.

Für meinen neuen grünen Pulli hab ich wirklich viele Komplimente bekommen, sogar von Jo!

„Na ja, ist ja wohl kein Kunststück!", schaltet sich jetzt Tina ein. „Sie hat braune Haare und grüne Augen – da ist doch klar, dass ihr Grün so gut steht!"

Tinas Mutter hebt mit einem gespielt tragischen Seufzer ihre Hände. „Schon gut! Ich gebe auf! Obwohl", sie zwinkert Becky zu und deutet mit dem Zeigefinger auf das aufgeschlagene Buch, „das steht ja in keinem Widerspruch dazu."

Lachend legt sie das Buch beiseite und schaut die zwei erwartungsvoll an. „Worauf wartet ihr noch? Los, Mädels, ein bisschen Action, bitte. Welches Theateroutfit sehen wir an welchem Model zuerst?"

Das lassen sich Becky und Tina natürlich nicht zweimal sagen, und sie probieren nacheinander die verschiedenen Hosen, Kleider und Röcke, Oberteile mit und ohne Glitzer, schwarz oder einfarbig an, bis sie nach ...

... nur zwei Stunden! ...

... todschick und wie aus dem Ei gepellt auf dem Sofa sitzen, Kakao trinken und auf Onkel Charley warten.

Tina hat sich für ein schwarzes Samtoberteil entschieden, das sie zu ihrer schwarzen engen Jeans trägt. Um das Ganze festlicher aussehen zu lassen, trägt sie eine wunderschöne rote Seidenstola um ihre Schultern, die ihre Mum ihr geliehen hat.

Liebevoll betrachtet Becky die beiden. „Also, ihr zwei habt euch echt gut abgestimmt."

Tinas Mum hat sich nämlich ein rotes langes Seidenkleid ausgesucht und trägt dazu einen schwarzen Kaschmir-Pashmina.

Stolz legt Tina den Arm um ihre Mum.

Becky selbst hat sich für ihren schwarzen klassischen Hosenanzug entschieden. Die Jacke ist leicht tailliert und macht eine super Figur. Tinas Mum schaut Becky prüfend an.

„Süß siehst du aus, aber ... da fehlt noch was." Sie überlegt angestrengt. „Ich hab's!" Sie geht zu ihrer Wohnzimmerkommode, holt eine große bunte Schmuckschatulle heraus und hält sie Becky unter die Nase.

Da liegen auf blauem Samt Ohrringe, Halsketten, Armbänder, schön ordentlich in separaten Fächern.

Wow, wie das funkelt! Ob das alles echt ist?

Als könne sie Gedanken lesen, sagt Tinas Mutter: „Mach dir keine Sorgen, das meiste davon ist Modeschmuck! Ich nehme den zur Demonstration, falls einer meiner Klienten eine Typberatung möchte." Aufmunternd nickt sie Becky zu: „Also los! Such dir was aus!"

Unentschlossen berührt Becky einige Ohrringe und Armbänder, dann jedoch sticht ihr etwas anderes ins Auge, und sie greift zielsicher nach einer silbernen Halskette, an der drei in Silber gefasste, grüne ovale Steine glitzern.

Tinas Mum lächelt geheimnisvoll. „Du hast einen guten Geschmack, die sind nämlich sogar echt."

Sie nimmt Becky die Kette aus der Hand. „Dreh dich mal um, ich leg sie dir an!"

Tina reckt den Daumen nach oben. „Edel, aber nicht übertrieben!"

Vorsichtig berührt Becky den Anhänger, der kühl auf ihrer Haut liegt. „Was sind das eigentlich für Steine?", fragt sie.

Lächelnd zieht Tinas Mutter ihre Jacke an. „Das, meine Liebe, sind Smaragde ... und man sagt, sie seien die typischen Edelsteine vom Sternzeichen Stier."

Becky bekommt eine Gänsehaut.

In diesem Moment klingelt es, Tinas Mum öffnet, und Onkel Charley steht grinsend in der Tür. Auch er hat sich – für seine Verhältnisse, versteht sich! – mächtig herausgeputzt: schwarze Hose und dazu ein Jackett, unter dem ein T-Shirt hervorblitzt.

„Du siehst echt lässig aus!", stellt Becky fest, während Tina zustimmend nickt.

Onkel Charley sieht geschmeichelt aus. „Also, ich kann das Kompliment nur zurückgeben, ihr seht aus wie drei funkelnde Sterne!"

Becky könnte wetten, dass er bei diesen Worten vor allem Tinas Mum angesehen hat.

„Also meine Damen, stürzen wir uns ins Vergnügen!"

Nachdem sie ihre Mäntel abgegeben haben, stehen Tina und Becky gemeinsam im Foyer und bestaunen die elegante Umgebung.

„Wunderschön!", bewundert Tina die aufwendig bemalte Decke.

Becky steht in Gedanken versunken da.

Irgendwie finde ich, dass ein modernes Theaterstück gut zu einem modernen Gebäude passt – aber ein schönes klassisches Stück, das wirkt einfach praller in so einem Prachtbau.

„Los, kommt! Es geht gleich los!", reißt sie Onkel Charley aus ihren Gedanken.

Sie kramen ihre Karten hervor und gehen in den großen Saal. Mit den Augen suchen sie die Stuhlreihen ab.

„Wir haben Glück, es sind gute Plätze weit vorne!", sagt Tina erfreut, und sie nehmen Platz.

Becky setzt sich zwischen Tina und Onkel Charley und schaut aufgeregt auf die Bühne. Der Theatervorhang ist noch geschlossen, der schwere dunkelrote Samtstoff schlägt in schöner Gleichmäßigkeit Wellen.

Einfach wundervoll ... Becky lächelt vor sich hin.

„Mir ist ganz feierlich zumute", flüstert Tina ihr leise zu.

„Mir auch", antwortet Becky und atmet tief ein.

Am liebsten würde ich mir etwas Theaterluft in eine kleine Dose füllen, damit ich immer, wenn mir danach ist, daran schnuppern kann wie an einem Parfüm!

Stille senkt sich über den Zuschauerraum. Es wird dunkel, der Vorhang hebt sich und gibt die noch nicht erhellte Bühne frei. Schemenhaft kann Becky die Schauspieler erkennen, die schon auf ihren Plätzen stehen.

Da strahlen gleißend die Lichter auf, und die ganze Bühne wird sichtbar.

Von der ersten Sekunde an ist Becky von dem Stück gefangen und verfolgt gebannt, wie Benedikt und Beatrice in eine Liebesfalle nach der anderen tappen. Und natürlich: Als es so richtig spannend wird, fällt der Vorhang wieder, das Publikum klatscht begeistert Beifall, und die Pause beginnt.

„Kommt, wir gehen was trinken", schlägt Onkel Charley vor.

Becky steht langsam auf, und gemeinsam arbeiten sie sich durch die lange Sitzreihe und laufen ins Foyer. Dort sind verschiedene Getränkestände, an denen schon jede Menge Getümmel herrscht.

„Was mögen die Damen denn trinken?", fragt Onkel Charley mit tiefer, salbungsvoller Stimme.

Wahrscheinlich eine Nachwirkung des letzten Aktes ...

„Ich nehm eine Cola!", sagt Becky laut.

Tina schließt sich ihr an. „Ich auch!"

Während Onkel Charley sich in die Schlange an der Bar einreiht, verkündet Tinas Mum, dass sie ihren Lippenstift nachziehen muss.

„Gesichtslackierungscheck? Da komm ich mit", sagt Tina sofort. „Du auch, Becky?"

Aber Becky schüttelt den Kopf. „Ich seh mir lieber da hinten die Bilder an." Sie deutet in den langen Gang.

Eigentlich ist es ihr gerade sehr recht, einen Moment allein zu bleiben: Sie ist in Gedanken immer noch bei dem Stück.

... war echt spannend. Die Schauspieler haben schon was drauf ... Und die Kostüme sind ein Traum!

Sie geht langsam den Gang entlang, zu beiden Seiten hängen große Schwarz-Weiß-Aufnahmen, die verschiedene Szenen aus Theateraufführungen zeigen. Die Schauspieler sind gut getroffen: Ihre Gesichter wirken richtig lebendig, und man kann sofort erkennen, ob sie gerade eine eher traurige oder lustige Szene spielen.

Ich glaube, das ist es, was einen guten Schauspieler ausmacht: dem Zuschauer diese Gefühle zu vermitteln ... Ob mein Bild hier eines Tages auch mal hängen wird?

Auf einmal klopft ihr jemand von hinten auf die Schulter. Sie dreht sich um, aber da stehen nicht wie erwartet Tina oder Onkel Charley, sondern:

„Jo!"

Er sieht wie immer umwerfend aus, trägt sogar ein Jackett über seiner Jeans.

Einen Moment lang mustert er Becky aufmerksam.

„Hallo", begrüßt er sie schließlich. „Ich dachte schon, ich hätte mir bloß eingebildet, dass du hier bist! Was für ein Zufall! ... Mit wem bist du da?"

„Mit meinem Onkel", erwidert Becky. „Der hat uns die Karten spendiert ... mir, Tina und ihrer Mum."

Sie schluckt: Sofort hat sie wieder die Szene bei Lee vor Augen und schämt sich in Grund und Boden.

Eigentlich müsste ich ihn jetzt auch fragen, mit wem er hier ist. Allein wird er wohl kaum ins Theater gegangen sein. Aber wenn er mit Lee hier ist, dreh ich durch ...

Doch da erzählt Jo schon von ganz alleine.

„Ich bin mit meinem Vater hier, der ist doch auch so ein Schauspielfan und nimmt mich öfter mal mit ins Theater."

Becky fällt ein Stein vom Herzen.

„Echt, das ist ja nett von ihm!", erwidert sie, und dann verfallen sie in Schweigen.

Wo bleiben denn bloß die anderen?

Hilfe suchend schaut sie sich um und sieht die drei an einem Stehtisch an ihren Getränken schlürfen und interessiert zu Jo und ihr herüberschauen.

Noch peinlicher geht's ja wohl nicht!

Onkel Charley zeigt auffällig auf eine Cola, die wohl auf Becky wartet.

„Die Pause ist bestimmt bald um. Ich geh mal was trinken …"

Mit diesen Worten wendet sich Becky ab und will gehen, doch da greift Jo nach ihrem Arm und hält sie mit sanftem Druck zurück.

„Becky! Ich muss unbedingt mit dir reden."

Sein Gesicht ist ernst, und er sieht sie bittend an.

Bevor Becky antworten kann, kündigt der Gong das Ende der Pause an, und Onkel Charley ruft ihr zu: „Kommst du oder sollen wir schon vorgehen?"

Becky zögert, und Jo lässt ihren Arm los.

„Komm bitte am Donnerstag wieder zu unserer Nachhilfestunde, dann können wir endlich quatschen, okay?"

Sie sieht ihn prüfend an.

Er sieht eigentlich nicht so aus, als ob er sich über mich lustig machen will, eher sogar ein bisschen unglücklich. Aber das spinne ich mir wohl nur zusammen …

„Mal sehn", antwortet sie unschlüssig, und während Jo stehen bleibt und ihr nachsieht, macht sie sich schnell auf den Weg in den Saal.

Schreck lass nach … die anderen sitzen schon alle!

Sie drückt sich vorsichtig an den Sitzenden vorbei, und als sie endlich an ihrem Platz angelangt ist, beugt sich Tina zu ihr und flüstert ihr ins Ohr.

„Du musst mir nachher alles ganz genau erzählen, ich platze gleich vor Neugier!"

Während der zweiten Hälfte des Stückes kann sich Becky nur noch schwer auf die Liebesirrungen und Wirrungen da vorn auf der Bühne konzentrieren – jetzt ist sie ganz mit ihren eigenen beschäftigt.

Jo hält mich anscheinend doch nicht für komplett übergeschnappt. Ich wüsste zu gerne, worüber er mit mir sprechen will …

9

Becky steht schon im Flur an der Wohnungstür, als es klingelt.

„Sag mal, Mädchen, hast du's heute eilig, zur Schule zu kommen, oder was?", wird sie von Tina begrüßt, die sie zur Schule abholen will. „Ist heute nicht ein WUNDERVOLLER Tag?"

Becky beäugt sie misstrauisch. „Hast du 'nen Clown gefrühstückt, oder was?"

Tina strahlt unbeeindruckt weiter. „Gut, dass du von Frühstück sprichst, es riecht hier ja ganz köstlich, das sind doch nicht etwa ..."

In diesem Moment ruft Beckys Mutter wie auf Kommando aus der Küche: „Tina, bist du das? Komm rein, ich hab frische Waffeln für dich!"

Tina greift zu. „Danke schön, die nehme ich mit!"

Becky gibt ihrer Mutter noch einen Abschiedsschmatzer, und dann ziehen sie los. Auf der Treppe fängt Tina an zu singen.

„Ich weiß etwas, was du nicht weißt, ich weiß etwas, was du nicht weißt ..." Aufgeregt hüpft sie vor Beckys Nase auf und ab.

„Sag mal, was ist denn los? Muss ja was Megatolles sein, wenn du so einen Wirbel veranstaltest."

Während sie weiterlaufen, tut Tina so, als überlege sie angestrengt.

„Tja, erzähl ich's dir jetzt oder erzähl ich's dir nicht ...", sie legt eine theatralische Pause ein, „... mit wem ich gestern Eis essen war und *wer* mir etwas über jemand *Bestimmten* erzählt hat."

Beckys Herz beginnt zu klopfen.

... was kommt jetzt? Das hat doch garantiert mit Jo zu tun!

„Tina, mach's nicht so spannend, sonst explodier ich hier und jetzt!"

Tina schnaubt unbeeindruckt. „Also, mit wem war ich gestern Abend aus?"

Becky seufzt ergeben. „Na, deinem Gesichtsausdruck nach mit Stefan, oder?"

Tina nickt heftig. „Schlaues Mädchen! Weißt du eigentlich, dass der gute Junge tierisch blaue Augen hat und dass er supertoll Gitarre spielt?"

Becky lacht. „Na ja, jetzt weiß ich es jedenfalls."

Tina reißt sich zusammen und lässt Becky noch ein

bisschen zappeln. „Und jetzt sag mir doch mal, *wer* ist Stefans bester Freund?"

Beckys Nase beginnt zu kribbeln. „Er hat ... er hat etwas über Jo erzählt?"

Ihre Freundin klatscht in die Hände. „Ja, ja! Wir haben es eindeutig mit einem Intelligenzgenie zu tun. Nicht nur schön, nein – auch schlau."

Becky ist langsam mit ihrer Geduld am Ende. „Also entweder, du sagst jetzt, was los ist, oder du ... bekommst nie wieder eine Waffel bei uns!"

„Schön und schlau – aber brutal ist sie anscheinend auch." Tina reißt gespielt entsetzt ihre Augen auf und sagt vorwurfsvoll: „Das hätte ich nicht von dir gedacht!"

Die beiden brechen in Gelächter aus, und Tina hakt sich bei Becky unter.

„Okay, also weiter im Text", fordert Becky ihre Freundin entschieden auf, und Tina hat endlich Erbarmen.

„Gut: Wir sitzen also im Café und essen grade einen wirklich himmlischen Vanille-Eisbecher mit heißen Himbeeren. Erst reden wir nur so über die Clique im Allgemeinen und so das Übliche. Da erzählt der doch glatt, dass Jo im Moment nicht gut drauf ist, weil er sich tierisch über Lee aufgeregt hat und – jetzt halt dich fest –, dass Lee ihm sowieso schon seit Langem auf die Nerven geht mit ihrer Rumzickerei ..."

„Na ja, das geht dem Eumel ja früh auf." Diese Spitze kann sich Becky nicht verkneifen.

„Besser spät als nie!", kommentiert Tina und wirft ihr einen bedeutungsvollen Blick zu. „Stefan sagt, dass Jo mit Lee Schluss gemacht hat."

Becky bleibt stehen und schaut Tina mit weit aufgerissenen Augen an. „Du machst Witze!"

Tina zeigt ihr einen Vogel.

Becky spürt, wie ihr ganz warm ums Herz wird, und ohne Tina hätte sie an diesem Morgen mit so einigen Straßenlaternen Bekanntschaft gemacht.

Während sie schweigend weiterlaufen, versucht sie sich genau an jedes Wort zu erinnern, das Jo im Theater zu ihr gesagt hat.

Könnte es sein, dass er vielleicht auch deshalb mit Lee Schluss gemacht hat, weil er mit mir zusammen sein will?

„Komm schon, du lahme Ente, es klingelt gleich!", weckt Tina sie aus ihrer Versunkenheit, und beide Mädchen müssen ordentlich rennen, um noch pünktlich in der Schule anzukommen.

Dort ist Becky allerdings *überhaupt* nicht bei der Sache!

In Deutsch muss ihr Lehrer sie sogar zweimal ansprechen, bevor sie auch nur andeutungsweise reagiert.

„Rebecca? ... Frau Meissner? Guten Morgen?! Darf ich Sie um eine Antwort bemühen?"

Peinlich!

Später, als sie Mathe haben, fragt Herr Kunert sogar besorgt, ob ihr nicht gut wäre.

Gut erkannt! Kann leider gerade nicht mitarbeiten, leide unter akuter Liebeskrankheit!

Und zu Herrn Kunerts Erstaunen kichert Becky los.

Lee sieht derweil mit festgefrorener Miene zu ihr herüber, flüstert Pat etwas ins Ohr, und jetzt gackern auch die beiden wie auf Kommando los.

Und während sich Herr Kunert noch über die allgemeine Heiterkeit wundert, ist Becky in Gedanken schon wieder ganz woanders ...

In der Mittagspause sitzen Tina und Becky nach dem Essen noch gemeinsam in der Cafeteria.

„Das ist doch völlig klar!", regt sich Tina gerade auf. „Natürlich hat der auch wegen dir Schluss gemacht! Der schielt dich doch schon seit Wochen verknallt an."

Becky schwirren tausend Gedanken im Kopf herum.

„Jetzt übertreib mal nicht! Ich meine, er könnte mich doch jederzeit ins Eiscafé einladen. Er will mich morgen garantiert nur was wegen Mathe fragen ..."

Tina grunzt verächtlich.

„Ja klar ..." Und sie fährt mit übertrieben tiefer Stimme fort: „Becky, bitte komm unbedingt am Donnerstag zur Nachhilfe, ich muss dringend mit dir reden ... Willst du als Nächstes mit Wurzelrechnung oder Geometrie weitermachen? ... Becky, du hast ja echt Tomaten auf den Augen!"

Becky dreht gedankenverloren ihren Löffel in der Hand.

„Ich habe halt keine Lust, mich noch mal vor ihm zum Trottel zu machen!"

Tina packt langsam ihre Sachen zusammen. „Genau! Und deswegen gehst du morgen hin und findest heraus, was Sache ist!"

Becky gluckst unschlüssig, während Tina aufsteht und auf ihre Uhr schaut.

„So, ich mach los, ich bin mit Stefan im Café verabredet, Festkomiteetreffen ..."

Becky sieht Tina forschend an. „Ach ja – nur deshalb?" Ihr kommt es vor, als würde Tina tatsächlich ein bisschen rot werden.

„Er ist schon süß, geb ich zu, aber ich bin nicht so ein Typ, der sich verknallt und dann mit rosa Brille rumläuft!"

Becky sieht ihre Freundin neidvoll an. „Mann, oh Mann, von deiner Coolness könnte ich was gebrauchen.

Na, egal." Sie steht ebenfalls auf. „Ich muss auch los, die Probe fängt an!"

Gemeinsam gehen sie in Richtung Theatersaal. „Du siehst Jo doch jetzt gleich bei der Probe, geh doch einfach hin und sag ihm, dass du morgen kommst. Dann siehst du ja, wie er reagiert."

„Ich überleg's mir noch ...", sagt Becky zögernd, aber Tina erwidert im Brustton der Überzeugung: „Du machst schon das Richtige! Ruf mich aber später auf jeden Fall an, okay?!"

Becky nickt und öffnet die schwere Holztür.

Na super, ausgerechnet heute müssen Jo und Lee zusammen proben!

Becky hat es langsam satt, die beiden als Liebespaar zu sehen. Sie selbst hat heute gar keine Szene, aber nach Hause gehen kann sie auch nicht, denn Swobl will später noch einmal Termine für die nächsten Proben ausmachen. Also fügt sich Becky in ihr Schicksal, setzt sich in die erste Reihe und trinkt scheinbar gelassen einen Schluck aus ihrer Wasserflasche. Dabei vermeidet sie es tunlichst, in Lees Richtung zu schauen.

Da sieht sie Jo: Er spricht zwar grade mit Swobl, blickt aber immer wieder in ihre Richtung und lächelt dabei vorsichtig.

Immer cool bleiben.

„Los jetzt, Konzentration bitte!" Swobl bringt mit seiner Ansage alle auf Start, und die Probe fängt an.

Jo und Lee beginnen. Becky schaut zu, und je länger es dauert, desto unruhiger wird sie.

So wirklich nach Schluss gemacht sieht das aber nicht aus, die tatscht den ja dauernd an.

Beckys Alarmsirenen gehen an und blinken, als Julia-Lee Romeo-Jo anschmachtet.

„... Das wollt ich auch, mein Herz, wenn ich nicht fürchtete, dass ich dich gar zu Tode liebkosen möchte ..." Und dabei Romeo übers Haar streichelt.

Romeo fährt darauf offensichtlich total ab, denn er schmachtet zurück. „Schlummer ruhe auf deinen Augen und süßer Friede in deiner Brust ..."

Er sieht Julia leidenschaftlich an und nimmt sie in den Arm. Inzwischen leuchten Beckys Alarmsirenen nicht mehr: Sie kreischen, strahlen und rotieren.

Das kommt jetzt aber ein bisschen zu echt rüber!

Swobl klatscht in die Hände. „Das war super, meine Lieben, große Klasse!", lobt er, und Lee lächelt sehr zufrieden.

Jo unterhält sich gerade mit Yannick, einem Jungen aus seiner Klasse, mit dem er manchmal seinen Text übt. Becky hat ihn schon oft bei den Proben gesehen. Er hat anscheinend ein Supergedächtnis und kann auch den anderen ihren Text soufflieren, wenn einer mal einen Hänger hat. Doch Swobls Vorschlag, eine Rolle zu übernehmen, hat er abgelehnt. Er will bei der Aufführung nur die Einleitung vortragen, das liege ihm mehr.

Unsicher starrt Becky zu den beiden hinüber und wartet, dass Yannick endlich geht.

Soll ich Jo jetzt sagen, dass ich morgen zur Nachhilfe kommen werde? Aber das mach ich nicht, solange die beiden da zusammenstehen und reden …

Während sie noch überlegt, verabschiedet sich Yannick endlich, und Jo kniet sich hin, um seinen Schuh zuzubinden.

Okay, jetzt frag ich ihn.

Becky strafft ihre Schultern, gibt sich einen Ruck und geht auf Jo zu. Sie setzt ein Lächeln auf und will ihn gerade ansprechen – da kommt plötzlich Lee wie von der Tarantel gestochen angelaufen, schneidet Becky den Weg ab und fällt Jo um den Hals.

„Jo, du kommst doch heute Abend, oder?"

Fassungslos betrachtet Becky die Szene, die sich da vor ihren Augen abspielt.

Mir bleibt aber auch nichts erspart!

Frustriert hastet sie aus dem Theatersaal, ohne auch nur einen Blick zurückzuwerfen.

Gott sei Dank hab ich Jo noch nicht angesprochen.
Das wäre die Blamage des Jahres geworden!

Da Tina mit Stefan unterwegs ist, muss Becky den Schock wohl oder übel erst einmal alleine verdauen. Während sie missmutig die Straße entlangschlurft, hängt sie ihren Gedanken nach. So langsam wird sie richtig wütend.

Mir reicht's! Ich hab echt keine Lust mehr darauf, jemanden anzuhimmeln, der sich lieber so eine Oberzicke als Freundin nimmt. Wieso soll ich überhaupt wegen so etwas schlecht drauf sein! Es hat sich ausge-romeot! Lee kann ihn behalten!

Becky joggt jetzt fast und biegt, nunmehr in Höchstgeschwindigkeit, in ihre Straße ein.

Wenn ich jetzt nicht sofort Dampf ablasse, platz ich! Vielleicht geh ich 'ne Runde schwimmen ...

Zu Hause ist es ungewohnt still. Kein Geklapper aus der Küche wie sonst, stattdessen hängt ein Zettel an ihrer Zimmertür:

„Hallo Becky, bin mit Papa einkaufen gefahren, Tinas Mama hat mich beraten! Brauche jetzt dringend gelbe Klamotten und eine neue Frisur! (Gruß von Papa, er hat grad mit den Augen gerollt, hab ich genau gesehen!) Im

Kühlschrank steht ein Tomaten-Mozarella-Salat. Lass es dir schmecken, mein Schatz! Bis später!

PS: Wage es bloß nicht, auf dem Bett zu lümmeln ..."

Typisch Mama: Einen Meter sechzig groß, aber voll der Feldmarschall. Trotzdem – Becky hat keinen Hunger: Die letzte Romeo und Julia-Szene ist ihr doch auf den Magen geschlagen.

Sie denkt nach.

Vielleicht kann ich inzwischen ja Tina erreichen?

Zögernd greift sie ihr Handy und wählt. Es klingelt einmal, zweimal –

„Tina Regner hier!"

Becky ist erleichtert. „Gut, dass du rangehst!"

„Was gibt's denn?", fragt Tina besorgt.

Becky zögert und gibt ihrer Freundin eine Kurzfassung: „Ach, weißt du ... Die Probe ist nicht so gut gelaufen. Die beiden sind doch noch zusammen, aber mach dir keine Sorgen, mir geht's gut – *den* hab ich mir endgültig vom Plan gestrichen!"

Sie atmet schwer aus. „Ich brauch unbedingt Bewegung. Hast du ... oder habt ihr ... vielleicht Lust, ins Schwimmbad zu kommen?"

Tina zögert keine Sekunde. „Wir sehen uns in einer halben Stunde im Schwimmbad!"

„Alles klar, bis gleich!"

Becky packt ihren Badeanzug in die Tasche und greift entschlossen nach Mantel und Schal. Auf Laufen hat sie jetzt gerade keine Lust – sie will so schnell wie möglich ins Warme. Daher holt sie ihr Fahrrad aus dem Garten, schiebt es auf die Straße und tritt kräftig in die Pedale. Die kühle Luft tut ihr gut, langsam bekommt sie den Kopf frei, und sie genießt die schnelle Fahrt in vollen Zügen.

Das Schwimmbad hallt wider von lauten Rufen und Gelächter. Becky ist offensichtlich nicht die Einzige, die sich heute entschlossen hat, hier ein bisschen Bewegung und Wärme zu suchen.

Zielstrebig geht sie zum Beckenrand, steigt ins Wasser und schwimmt in ruhigem Tempo ihre Bahnen. Da entdeckt sie Tina, die in ihrem schwarzen Badeanzug am anderen Ende des Beckens steht und ihr begeistert zuwinkt. Stefan steht neben ihr und – Jo.

Vielleicht verdrück ich mich heimlich, ist ihr erster Gedanke, doch dann ist die Unsicherheit verschwunden. *Ach, was soll's, der Typ kann mich doch mal gern haben!* Sie schwimmt weiter und tut so, als hätte sie die anderen nicht gesehen.

Aber als sie sich abstößt und wieder zurückschwimmt,

sieht sie, dass ihr jetzt alle drei zuwinken: Tina, Stefan und Jo. Doch Becky schwimmt eisern weiter. Tina hat gut Winken: Sie musste ja auch nicht die heutige Liebesszene zwischen Romeo und Julia miterleben, sonst würde sie Jo wahrscheinlich einen ordentlichen Tritt verpassen. Dieser Gedanke heitert Becky irgendwie beinahe schon wieder auf.

Sie erreicht das Ende ihrer Bahn und will gerade wenden, da steht Tina direkt über ihr und ruft: „Sag mal, Becky! Hast du Tomaten auf den Augen? Wir winken dir schon seit einer Ewigkeit zu! Jetzt komm doch endlich da raus!"

Becky hält sich mit beiden Händen am Beckenrand fest, um nicht unterzugehen. „Ich geh ganz bestimmt nicht zu dem da!" Abfällig nickt sie in Jos Richtung. „Tina, du weißt nicht, was heute bei der Probe passiert ist", fängt sie an, da schneidet ihr die Freundin das Wort ab. „Ich weiß alles! Jo hat es uns gerade erzählt."

„Was erzählt?", fragt Becky verdutzt.

„Na, dass Lee ihm nachrennt und nicht wahrhaben will, dass er Schluss gemacht hat!"

Becky schluckt aus Versehen Wasser, so überrascht ist sie. Prustend stemmt sie sich am Beckenrand hoch. „Das hat er erzählt?"

Tina nickt. „Er hat ihr wohl nach der Probe noch einmal klipp und klar gesagt, dass wirklich Schluss ist und er auch nicht will, dass sie ihm noch weiter hinterherrennt."

Und dann raunzt sie ihre Freundin an. „Becky, du kommst jetzt sofort raus aus dem Wasser, der will wirklich mit dir reden!"

Becky kann sich immer noch nicht entschließen.

Noch eine Pleite verkrafte ich wirklich nicht …

Aber dann steigt sie doch aus dem Wasser und Tina gibt ihr, schon wieder besänftigt, das Handtuch.

„Ich will dir schon die ganze Zeit was sagen!", beginnt Jo und sieht Becky forschend an.

Mit so viel Haltung, wie eben möglich ist, wenn man mit nassen Haaren, ungeschminkt *und* in ein dickes grünes Handtuch gewickelt am Beckenrand sitzt, wendet sie sich ihm zu und erwidert seinen Blick.

Irgendwie sieht Jo mich aber auch immer in den komischsten Outfits!

„Ich will nur, dass du weißt: Mit Lee hab ich nichts mehr zu tun! Es ist Schluss, und dabei bleibt es auch!"

Becky sagt immer noch kein Wort.

Das hat vorhin auf der Probe aber anders ausgesehen!

Jo schaut auf den gekachelten Boden.

„Als ich letzte Woche bei ihr war, da hab ich etwas

mitbekommen, was mich echt geschockt hat!", erzählt er weiter.

Oha?!

Beckys Neugier ist geweckt.

„Weißt du, ich kenne Lee schon echt lange, weil unsere Eltern ja auch befreundet sind, und, na ja, das hat sich halt so ergeben, dass wir irgendwann zusammen waren ...", er denkt kurz nach und erzählt dann weiter. „Ich weiß, dass sie es manchmal übertreibt, aber im Großen und Ganzen war sie schon in Ordnung. Nur ... irgendwie hat sie sich total verändert in den letzten Monaten, vor allem seit den Sommerferien ist sie echt seltsam drauf!" Prüfend schaut er Becky an, die immer noch still und steif wie ein Eis am Stiel dasitzt.

Warum erzählt er mir das alles, soll ich jetzt Mitleid mit ihm haben oder was?

„Also: Letzte Woche war ich bei ihr zum Essen eingeladen, und weil Lee gerade telefoniert und mich die Putzfrau hereingelassen hat, habe ich im Flur gewartet und ..." Er zögert und schaut Becky jetzt direkt in die Augen. „Glaub mir, ich wollte nicht lauschen, aber Lee hat so laut gequatscht, das konnte ich nicht überhören!"

Kunststück! Löwen brüllen halt.

„Sie hat anscheinend mit einer Freundin telefoniert und dann hab ich irgendwann deinen Namen gehört.

Da bin ich hellhörig geworden", erzählt er weiter und bekommt sogar ein bisschen rote Ohren, was Becky so unverschämt süß findet, dass ihr aus Solidarität auch ganz heiß wird.

„Sie hat damit rumgeprotzt, dass sie dir am Tag des Vorsprechens ein gefälschtes Horoskop vorgelesen hat!" Er schweigt abwartend.

„Sie hat was?", fragt Becky ungläubig nach.

„Ja, ich hab es genau gehört!", bekräftigt Jo. „Sie wollte dir das Vorsprechen versauen und hat dir irgendetwas Erschreckendes erzählt, was eigentlich gar nicht im Horoskop stand – um dich zu verunsichern."

Becky ist sprachlos.

Seltsam – nach dem, was bei der Pyjama-Party gelaufen ist, hätte ich es mir ja eigentlich denken können. Aber so eine fiese Aktion hätte ich ihr dann doch nicht zugetraut.

„Und davon mal abgesehen", sagt Jo jetzt, „fand ich die Sache vorige Woche bei ihr, mit dir da an der Tür ..." Er spricht vorsichtig weiter, als fürchte er, dass sich Becky direkt wieder aus dem Staub machen könne, „... die fand ich auch grottenmies." Er schaut sie unsicher an.

Becky merkt, dass sie das alles erst einmal verdauen muss. Sie sieht Jo an und sagt langsam: „Danke! Ich finde das sehr anständig von dir, dass du mir das erzählt hast, aber … mir ist nicht so gut … ich glaube, ich geh jetzt besser nach Hause … bis dann."

Tina, die etwas abseits mit Stefan sitzt, fängt Beckys Blick auf und begleitet ihre Freundin zur Umkleidekabine. Dort gibt ihr Becky einen Kurzbericht und verkündet dann wütend: „Also, von der lass ich mir nicht mehr auf der Nase rumtanzen!"

„Glaub ich dir aufs Wort", stellt Tina sachlich fest und fügt grinsend hinzu: „Dein Abgang war übrigens beeindruckend: Jo hat dir ganz geplättet hinterhergeguckt!"

„Na ja", stellt Becky nicht ganz ohne Bedauern fest, „ich muss ihm ja nicht auch noch um den Hals fallen. Das hat heute ja schon jemand anderes erledigt."

Tina stopft ihr nasses Handtuch in die Tasche. „Weißt du, was meine Mum immer sagt? Wenn man anderen etwas Schlechtes zufügt, dann fällt es – egal wie – am Schluss auf einen selbst zurück." Sie überlegt. „Vielleicht ist Lee ja auch schon gestraft! Jo hat sie jetzt doch verloren, obwohl sie ja wirklich alles getan hat, um dich bei ihm mies aussehen zu lassen."

Becky schultert die Tasche und verlässt mit Tina die Umkleide.

„Das ist auf jeden Fall erst der Anfang: Sie wird schon auch noch rausfinden, dass Stiere immer ihr Ziel erreichen! Rate mal, wer ab jetzt mein rotes Tuch ist …?!"

Müde wirft Becky sich auf ihr Bett, schnappt sich das Textbuch und versucht, sich zu konzentrieren.

Dieses Wochenende ist die Theateraufführung! Doch irgendwie schweifen ihre Gedanken immer wieder ab. Seit ihrem überstürzten Abgang im Schwimmbad hat sie Jo zwar nicht mehr gesehen, aber umso mehr an ihn gedacht …

Ihr Handy klingelt. Sie zuckt zusammen und sucht mit den Augen ihr Zimmer ab. Wo hatte sie es denn jetzt schon wieder vergraben? Ah! Klar: die Tasche! Hektisch kramt sie zwischen Lippenstift, Portemonnaie und anderem Kleinkram und fischt schließlich das Handy heraus.

„Becky hier, hallo?"

„Hallo, Becky, hier ist Jo."

Schlagartig ist sie wieder wach.

Was jetzt?

Auch, wenn sie sich in den letzten Tagen dauernd vorgestellt hat, wie es sein wird, wenn Jo und sie sich das nächste Mal sehen oder sprechen … jetzt fehlen ihr die Worte.

„Äh … Hi, Jo, was gibt's denn?", fragt sie so cool, wie es ihr möglich ist.

„Mmh – ich wollte nur mal hören, ob du schon aufgeregt bist, wegen der Aufführung am Wochenende …"

„Doch, schon", antwortet sie ehrlich. „Obwohl ich ja noch nicht mal die Hauptrolle spiele! Aber du, was ist denn mit dir?", fragt sie zurück.

Jo zögert kurz.

„Ja, klar hab ich Lampenfieber, aber es geht schon ... Sag mal ..."

Stille.

„... ich wollte noch was fragen." Er stockt. „Ich wollte fragen, ob du morgen Zeit hast ... vielleicht können wir uns treffen – auf ein Eis oder so?"

Yeah! Ein ganzes Blasorchester spielt den Siegesmarsch, und es regnet rosa Glücksschweine!

Becky versucht, sich ihre Begeisterung nicht anmerken zu lassen. „Klar, warum nicht?"

„Super", kommt die erfreute Antwort. „Soll ich dich um vier abholen?"

Becky überlegt kurz. „Vier passt gut. Also – bis morgen dann!"

„Schön – bis morgen, Becky!"

Tja, das war's dann wohl für heute mit dem Textbuch.

Liebste Claire,

ich flipp total aus! Stell dir vor, Jo hat mit Lee Schluss gemacht! *Und* er hat mir erzählt, dass sie sich das Horror-Horoskop damals selbst ausgedacht hat!

Am Wochenende ist übrigens die Theatervorstellung (Panik!) und ich sag dir: Wenn die mich vorher wieder mit so 'nem Horoskopgeschwafel attackiert, dann zeig ich's der aber!

Und jetzt das Beste: Jo hat mich ins Eiscafé eingeladen! (Schmelz!)

Wie läuft's denn bei dir: Wie geht es EVA? Und was ist mit dem süßen Typen, an dem du gern rumgeknabbert hättest?

Bitte drück mir die Daumen für morgen!

Lieben Gruß

Becky

10

Becky vibriert vor Aufregung. Gleich wird Tina vorbeikommen, um den Nachmittag gemeinsam mit ihr zu verbringen. Sie wollen sich einen Film anschauen und es sich bequem machen, bevor es am Abend dann endlich losgeht: Um 20.00 Uhr beginnt die Vorstellung.

Sie reibt sich die Hände.

Eiskalt, das ist ja grad mal Fischstäbchengrundtemperatur, hoffentlich wird mir nicht wieder schlecht!

Wie auf einen unsichtbaren Befehl hin kommt ihre Mutter mit einer Tasse heißem Kakao herein.

„Das ist genau das, was ich jetzt brauche! Woher du das nur immer weißt ... du bist echt die Beste, Mama!"

Ihre Mutter schaut sie liebevoll an. „Ich bin so stolz auf dich! Ich werde mir die Hände wundklatschen."

Becky lächelt ihre Mutter an. „Ich seh mir noch einmal das Textbuch an." Genüsslich nimmt sie einen Schluck. „Und nachher kommt auch noch Tina."

„Klasse!", lautet die gut gelaunte Antwort, inzwischen schon wieder aus der Küche.

Becky grinst in sich hinein.

Seit sie zur Stilberatung bei Tinas Mum war, ist Mama echt viel lockerer drauf! Dieser neue gelbe Pulli steht ihr super, und mit den offenen Haaren sieht sie irgendwie jünger aus als mit dem strengen Zopf, den sie vorher meistens getragen hat.

Becky wendet sich wieder ihrem Text zu und rührt gleichzeitig nervös mit dem Löffel im Kakao.

Hoffentlich geht heute Abend alles gut! Und dann ist da ja noch diese andere Sache …

Geistesabwesend sieht sie auf ihr Textbuch, seufzt auf und rutscht unruhig hin und her.

Da öffnet sich die Zimmertür: Tina – endlich!

„Na, wie geht es denn unserer Bühnendarstellerin heute?", fragt sie, doch als sie sieht, dass die sonst so ruhige Becky wie Rumpelstilzchen auf dem Bett herumwippt, sagt sie nur: „Alles klar … spar dir die Antwort!"

„Ist das normal, dass du solches Lampenfieber hast?", erkundigt sie sich dann unschuldig.

Becky seufzt: „Ach, die Aufführung würde mir schon völlig reichen, aber dass Jo mir heute noch was Wichtiges sagen will …" Sie greift sich mit dramatischer Geste an die Brust. „Das ist zu viel für mein Herz."

Mit leidender Miene führt sie eine Hand an die Stirn und lässt sich dann mit divenhafter Eleganz auf ihr Bett sinken.

Kopfschüttelnd legt sich Tina ein Kissen als Rückenlehne zurecht. „Ich versteh diese Geheimnistuerei nicht", sagt sie unwillig. „Warum hat er dir das denn nicht beim Eisessen gesagt? Ich meine, wie blöd ist das denn, sich zu treffen und dann anzukündigen, dass man *morgen* was zu sagen hat ...!"

„Komisch ist es schon", stimmt Becky zu. „Aber wir haben eben mehr über die Aufführung gesprochen und über Swobls Umsetzung des Stückes und so ... Und es war ja auch voll laut in dem Café ..."

„Ja, ja, trotzdem ist es komisch!", sagt Tina erbarmungslos.

Na ja, besonders romantisch war das nun wirklich nicht.

Tina wartet Beckys Antwort gar nicht ab, sondern kramt in ihrer Tasche. „Ich hab den Film mitgebracht", versucht sie, die Freundin abzulenken, und hält ihr eine DVD vor die Nase. „Shakespeare in Love". Sie grinst. „Passt doch, oder?"

„Genau das Richtige", bestätigt Becky. „Und nun Ruhe bitte, Textbücher, und Jungs müssen draußen bleiben: her mit den Chips!"

Schließlich ist es wirklich Zeit zum Aufbruch.

„Hast du alles?", fragt Tina.

„Ja, ja, ich glaub schon!", antwortet Becky unsicher.

„Wenn nicht, ist es auch nicht schlimm: Ich bin bestens vorbereitet!" Tina öffnet ihren Beutel und lässt Becky einen Blick hineinwerfen: Da gibt es Traubenzucker, Orangensaft, Gummibärchen, zwei Äpfel und – *ungelogen*! – die allergrößte Tafel Schokolade, die Becky je gesehen hat.

„Wer soll das denn alles essen?", fragt sie lachend.

Tina spart sich die Antwort und schaut Becky nur vielsagend an, worauf die beiden loskichern.

„Lass uns losdüsen, sonst kommen wir noch zu spät!"

Sie mummeln sich in ihre Mäntel, und mit einer dicken Umarmung verabschiedet sich Becky von ihrer Mutter. Schnell klären sie noch den weiteren Ablauf:

„Also, Becky, es bleibt dabei: Ich hol nachher mit Paps und Onkel Charley Tinas Mutter ab, und dann sehen wir uns ganz pünktlich um neunzehn Uhr." Und mit übertrieben gequälter Miene fügt sie noch hinzu: „Mal sehen, ob ich Paps überreden kann, ausnahmsweise etwas Vernünftiges anzuziehen."

Kaum sind sie draußen, hakt sich Tina bei ihrer Freundin unter und drückt ihren Arm.

„Weißt du, dass Stefan auch kommt? Ich soll ihm einen Platz freihalten, hat er mir aufgetragen!" Sie streicht sich mit der freien Hand eine Strähne aus den Augen. „Also, ich hab mich ja ehrlich gesagt am Anfang nur mit ihm verabredet, weil ich mir vorgenommen hatte, dich und Jo endlich zu erlösen."

Becky bleibt abrupt stehen. „Was soll das denn heißen?"

Tina stöhnt. „Becky, das war doch offensichtlich, dass der nicht mit Lee glücklich ist!" Energisch zieht sie Becky weiter. „Außerdem hab ich mitbekommen, wie der dich manchmal angeschaut hat – und was mit dir los war, hätte auch ein Blinder gesehen." Sie stupst Becky freundschaftlich in die Seite, dann wird sie wieder ernst: „Ist ja auch egal, aber der Stefan ist wirklich ein cooler Typ!"

„Ist ja auch Jos bester Freund", sagt Becky.

Sie gehen jetzt etwas schneller, und schon von weitem sehen sie die Schule mit der hell erleuchteten Aula. Der Treppenaufgang ist festlich geschmückt mit grünen Pflanzengirlanden, die sich um die Geländer ranken. „Super!", staunt Becky. „Hat das alles euer Komitee auf die Beine gestellt?"

Tina nickt bestätigend, und sie gehen hinein. Wohin man auch schaut – alles ist passend zum Thema „Romeo und Julia" dekoriert.

Stolz erklärt Tina: „Die Blumentöpfe mit den Rosenstöcken kommen aus der Schulgärtnerei, Stefans Eltern haben diese tollen Gartenstühle als Deko beigesteuert, und ein Freund von Swobl hat uns diese riesige Leinwand mit der abgefahrenen Gartenlandschaft geliehen."

„Wow!", meint Becky bewundernd. „Das sieht alles superklasse aus!"

Stehtische und eine Theke mit reichlich Getränken und Snacks warten in der Vorhalle auf den ersten Besucheransturm.

„Es fällt einem echt schwer, sich vorzustellen, dass wir hier sonst über Mathe und Englisch schwitzen müssen."

Tina nickt zustimmend. „Ich komm mir auch beinahe vor wie in einem richtigen Theater."

In Beckys Bauch kribbelt es wieder nervös Sie schaut auf die Uhr. „Ich muss jetzt in die Garderobe", verkündet sie. „Kommst du mit?"

Tina überlegt kurz. „Ich muss noch mit den Leuten vom Komitee was klären, dann komm ich ruck, zuck nach, versprochen!"

Also geht Becky alleine in die Aula.

Puh, hier ist ja was los!

Überall herrscht ein geschäftiges Treiben. Die großen Lampen werden hin und her geschoben, einige Helfer rücken die Stuhlreihen zurecht. Auch das erste Bühnenbild ist schon zu sehen: eine riesige Leinwand, grandios bemalt mit einer grünen Wiese und blauem Himmel.

Wahnsinn, die Farben sind wirklich der Knaller!

Becky spürt, dass die ganze Aufführung einfach ein Riesenerfolg werden *muss*.

Jedoch ...

... in diesem Moment kommt Swobl angelaufen und klopft ihr etwas geistesabwesend auf die Schulter. „Das ist schön, dass du pünktlich bist ...", und fügt mit einem Hauch Gereiztheit in der Stimme hinzu: „... wär nett, wenn das alle so ernst nehmen würden: Es fehlen immer noch zwei, und eine davon ist ausgerechnet unsere Julia."

Becky sagt nichts dazu.

Ist ja wieder mal typisch für Lee, den letzten Moment abwarten, um dann den großen Auftritt zu haben!

Swobl trommelt jetzt die Truppe zusammen, da kommt Jo aus der Umkleide.

Granatenturbostark.

Becky mustert ihn – ganz unvoreingenommen versteht sich: Seine Jeans darf Jo anbehalten – Swobl wollte moderne Bühnenkostüme und hatte die Idee, T-Shirts in Schwarz und Rot mit dem goldenen Schriftzug „Romeo" und „Julia" bedrucken zu lassen. Das erkennt man zwar nur, wenn man in den ersten Zuschauerreihen sitzt, aber es hat was, findet Becky. Und auch wenn es ein bisschen schräg wirkt, es passt zu der Inszenierung – und es passt auf jeden Fall perfekt zu Jo.

Der hat inzwischen Becky entdeckt, stellt sich neben sie und greift nach ihrer Hand. „Und? Hast du auch so kalte Hände wie ich?"

Wie heiße ich, wer bin ich und wo bin ich?

„Ja, ganz schlimm!", lächelt Becky zurück, während sie ihn wie hypnotisiert anschaut.

In diesem Moment kommt Tina mit Stefan im Schlepptau angetrabt.

„Eine Runde Beruhigungsbärchen", ruft sie laut, holt aus ihrer Riesentasche die Gummibärchen und reicht sie herum.

Auch Becky kaut gedankenverloren auf irgendeinem Gummitier, als etwas an Tinas offener Tasche ihre Neugier erweckt: Da lugt nämlich die Ecke eines Magazins hervor, und wenn Becky richtig liest, dann steht da groß und deutlich: „ASTRO".

Ungläubig deutet sie auf die Zeitschrift: „Was ist das denn?"

„Ach ja, hab ich glatt vergessen!", freut sich Tina. „Die hab ich bei Mum abgestaubt. Da steht etwas drin, was ich dir noch schnell vorlesen wollte, bevor es losgeht!"

Sie zieht die Zeitschrift heraus, blättert rasch durch

und murmelt dann: „Ah, da haben wir es ja!", und laut liest sie vor:

„Beruf: Erfolg auf ganzer Linie: Sie haben hart gekämpft und erreichen Ihre Ziele.

Gesundheit: Sie hören auf ihren Körper, und er lässt Sie nicht im Stich

Liebe: Ihr Traumprinz ist näher, als sie denken. Trauen Sie Sich: Jetzt ist Kuschelzeit angesagt!"

Becky atmet hörbar aus: „Puh, jetzt bin ich doch froh, dass da nichts Unangenehmes drinsteht – obwohl ich mir ja eigentlich vorgenommen hab, so etwas nicht mehr ernst zu nehmen."

„Becky!", sagt Tina gespielt ungeduldig. „Das hab ich mir doch natürlich vorher durchgelesen: Ich hätte dir doch nie im Leben etwas erzählt, was dich runterziehen könnte. Wie lautet die erste Horoskop-Regel für clevere Girls? Na?"

Tina deutet fragend mit dem Zeigefinger auf Becky und beantwortet die Frage gleich selbst: „Horoskope werden nur vorgelesen, wenn sie Gutes voraussagen!"

Becky ergänzt grinsend: „Genau! Mittelmäßige oder miese Ansagen werden nicht akzeptiert."

Die Jungs stimmen in das Lachen der Mädchen ein,

aber dann fragt Stefan zu Beckys Entsetzen interessiert nach: „Wie war das eben mit dem Traumprinzen?"

Becky wird ganz warm: Bestimmt bekommt sie gleich knallrote Ohren. Sie hatte gehofft, dass dieses Detail im allgemeinen Gelächter untergegangen wäre. Doch bevor Becky antworten kann, kommt Swobl mit nervöser Miene zu ihnen.

„Kinder, Kinder, wo bleibt Lee denn bloß? Wir müssen in dreißig Minuten anfangen!" Sorgenvoll rauft er sich die Haare und zupft seinen weißen Schal zurecht. „Starallüren in allen Ehren, aber das ist wirklich zu viel."

In diesem Moment kommt die Schulsekretärin aufgeregt in den Saal gerannt: „Herr Swoboda, Herr Swoboda, oh je, oh je!"

Das ist ganz klar ein Notfall: Becky kann sich nicht erinnern, Frau Specht jemals in solch einer Verfassung gesehen zu haben.

Kaum zu glauben, aber anscheinend ist sie hierhergerannt!

Atemlos steht die kleine Frau vor Swobl. „Lees Mutter hat gerade angerufen", erzählt sie lautstark. „Lee kann heute nicht spielen. Seit gestern Nacht ist ihr Gesicht komplett verschwollen – irgendeine allergische Reaktion."

Swobl flucht unterdrückt und wirft sich den Schal über die Schulter.

„Wieso hat sie denn nicht schon früher Bescheid gesagt?"

„Das weiß ich auch nicht so genau, Herr Swoboda. Aber es sieht so aus, als hätte Lee ihre Eltern angebettelt, nicht abzusagen. Sie hat wohl gehofft, dass es doch noch besser wird ..."

11

„Und was wird jetzt aus dem Stück?" Jo spricht aus, was alle denken.

Die Runde ist inzwischen schon recht groß: Auch Yannick und die anderen haben sich dazugesellt.

Swobl überlegt. „Wir brauchen jemanden, der den Text beherrscht – und sich die Rolle auch zutraut ..."

Sein Blick schweift in die Runde und bleibt schließlich an Beckys Gesicht hängen. „Becky, wolltest du nicht die Hauptrolle?" Er schaut sie fragend an. „Jetzt hast du sie!"

Becky sieht ihn einen Moment lang nur sprachlos an „Einfach so?"

Swobl lächelt ihr zu. „Ich weiß, was in dir steckt: Im letzten Jahr hätte ich dir sowieso schon fast die Hauptrolle gegeben ... Klar, beim Vorsprechen – da hattest du eben einen Aussetzer, aber das kann jedem mal passieren, und was du später bei den Proben gezeigt hast, war immer erstklassig!"

Becky freut sich riesig über seine Worte, und langsam nickt sie, während Tina losjubelt.

„Super, Becky! Du kannst doch den Text wirklich in- und auswendig! Und weißt du was", sagt sie, als sie Beckys aufgeregte Miene sieht, „ich bleib seitlich neben der Bühne, wo mich niemand sehen kann, und soufflier dir, falls du nicht weiterweißt, okay?"

An Yannick gewandt fragt sie: „Du hast doch bestimmt ein Textbuch dabei, oder?" Dieser nickt.

Becky lächelt ihr dankbar zu.

Die anderen finden die Idee ebenfalls gut: Eigentlich sind sie nicht einmal besonders überrascht, dass Swobls Wahl auf Becky fällt, denn nicht nur Swobl hatte während der Proben gemerkt, dass Becky einiges auf dem Kasten hat.

Doch da macht Jo sie auf das nächste Problem aufmerksam.

„Ich finde das eine tolle Idee, Becky spielt die Julia bestimmt super." Er schaut ihr lächelnd in die Augen. „Aber wer spielt dann Beckys Rolle?"

Es wird still, selbst Swobl ist ratlos.

Da hat Jo plötzlich selbst die zündende Idee. Bittend sieht er zu Yannick rüber.

„Du hast doch die ganze Zeit mit mir gelernt – ich weiß, dass du den Text genauso draufhast wie Becky!"

Yannick sieht wenig begeistert aus und zögert noch, als Swobl schon begeistert ausruft: „Das ist eine Superlösung! Yannick: Du weißt ja, dass ich dir das voll und ganz zutraue!"

Damit ist für ihn das Thema erledigt, und Yannick gibt sich, wenn auch etwas mürrisch, geschlagen.

„Okay, ich mach's – aber ...", mit vorwurfsvollem Blick auf Jo, „... kein Gemotze, wenn was schiefgeht!"

Swobl klopft ihm dankbar auf die Schulter: „Du schaffst das ganz sicher." Dann dreht er sich zu den anderen.

„Genug geredet! Jetzt geht's ab in die Maske, meine Damen und Herren!" Er treibt sie ungeduldig auseinander.

Nur Tina bleibt wie angewurzelt stehen und starrt gebannt in die Astrozeitung.

„Was guckst du so komisch?" Becky kommt interessiert näher. „Steht da noch was in meinem Horoskop?"

„In deinem nicht!", murmelt Tina. „Lee ist doch Sternzeichen Löwe, nicht wahr? Hör mal, was da für sie angekündigt wird:

„Beruf: Erkennen Sie ihre Grenzen, Achtung vor falschem Ehrgeiz, das blockiert Ihre Energien.

Gesundheit: Sie fahren aus der Haut, Juckreiz oder

Schwellungen könnten Ihnen heute Probleme bereiten, entspannen Sie sich und lassen Sie sich auch einmal verwöhnen.

Liebe: Venus ist rückläufig, Gefühle lassen sich nicht erzwingen. Lassen Sie los und öffnen sie sich für etwas Neues."

Becky und Tina schauen sich fast erschrocken an. „Jetzt hab sogar ich eine Gänsehaut!" Zum Beweis streckt Tina ihren Arm vor.

Doch dann fällt ihr etwas ein und sie sagt erfreut: „Aber weißt du was: Wenn die Sterne nicht lügen ... umso besser! Dann stimmt ja auch deine Vorhersage für heute. Ich sag nur: Traumprinzenalarm!"

„Noch zehn Minuten!", ruft Swobl, während sie alle hinter der Bühne herumwuseln und sich umziehen. Becky ist mittlerweile fertig geschminkt und das Umziehen hat – logisch! – gerade mal zwei Minuten gedauert: Ihre schwarze Jeans hat sie anbehalten und sich dann mit Begeisterung in das Julia-T-Shirt geworfen, das ihr wie angegossen passt.

„Julia in Rot – sehr stylish", kommentiert Tina. „Sieht toll aus zu deinen schwarzen Haaren und wirkt echt total lässig!"

„Weißt du was, ich seh mal nach, ob ich deine Eltern finde – die wissen doch noch gar nichts vom nahen Ruhm der Tochter", meint sie salbungsvoll. Schnell schleichen sich die zwei noch einmal aus der Garderobe und lugen durch den Vorhang.

„Tatsache, da sitzen sie!" Becky sieht ihre Mutter sofort. Sie trägt eine elegante gelbe Stola und hat ihre Haare kunstvoll hochgesteckt. Paps trägt tatsächlich eine Krawatte und Jackett ... Becky kann sich ein Grinsen nicht verkneifen.

Ich kann mir vorstellen, wie der sich geziert hat!

Neben ihrer Mutter sitzt Tinas Mum und sieht wieder einmal wie ein echter Engel aus: glänzende Locken, wollweißer Rollkragenpullover. Im Moment sieht sie allerdings etwas besorgt aus und blickt sich suchend um, während Onkel Charley sich zu ihr beugt und ihr etwas ins Ohr zu flüstern scheint.

Klar! Tina sollte ja eigentlich längst bei ihnen sitzen.

Tina tritt an Beckys Seite. „Ich geh mal kurz hin und sag Bescheid, dass du die Julia spielst und ich dir souffliere! Mach am besten ein Foto: Die flippen aus!" Schon schlüpft sie am Vorhang vorbei zum Publikum.

Swobl ruft laut: „Noch zwei Minuten!"

Becky atmet tief ein und aus.

Hoffentlich beeilt Tina sich!

Gerade noch rechtzeitig kommt ihre Freundin ange-rannt. Sie strahlt bis über beide Ohren und verkündet atemlos: „Du, die sind wirklich ausgeflippt ... vor allem meine Mum ist total aufgeregt ..." Sie unterbricht sich und sieht Becky vielsagend an. „Aber wahrscheinlich liegt das auch an ihrer Begleitung."

Da fällt ihr noch etwas ein, und schnell flüstert sie Becky zu: „Weißt du eigentlich, was passiert, wenn mei-ne Mum und dein Onkel, du weißt schon, ein Paar wür-den?" Sie setzt ihr coolstes Pokerface auf und schweigt einen Moment. „Dann bleibt Claire auf jeden Fall für im-mer deine allerbeste Freundin, denn ICH gehöre ja dann zur Familie und laufe somit außer Konkurrenz!"

Darüber müssen die beiden dermaßen laut lachen, dass Swobl sich umdreht und mahnend zu ihnen he-rüberschaut.

„Pst, Ruhe bitte!"

Schuldbewusst unterdrücken sie ihr Gekicher und wünschen sich stattdessen wie echte Schauspielprofis Glück, indem sie sich umarmen und gegenseitig dreimal über die linke Schulter spucken.

Und dann geht es los.

Die Lichter auf der Bühne flammen auf, es wird still im Zuschauerraum.

Langsam tritt Yannick jetzt vor den geschlossenen

Vorhang, verbeugt sich und teilt dem Publikum feierlich mit, dass die Liebenden Romeo und Julia unter einem unglücklichen Stern stehen, weil ihre Familien verfeindet sind.

Dann verschwindet er, und als sich wenig später der Vorhang öffnet, steht er als Benvolio auf der Bühne, mit drohend erhobener Faust.

„Ihr Narren, zieht ab! Weg mit Euren Schwertern, Ihr wisst nicht was ihr da tut!"

Kurz darauf betritt auch Jo die Bühne und erzählt Yannick-Benvolio, dass seine Eltern ihn zwingen wollen, ein bestimmtes Mädchen zu lieben, das er aber eigentlich nicht so toll findet.

Becky ist wie in Trance, die Minuten vergehen in Windeseile. Da ertönt die Stimme von Jessi – sie spielt Julias Mutter und ruft jetzt nach Julia, um ihr mitzuteilen, dass sie einen passenden Bräutigam für sie ausgesucht hat.

Das ist mein Stichwort!

Becky geht hinaus auf die Bühne. Sie kann nicht denken, kaum atmen und tausend kleine Eindrücke stürmen gleichzeitig auf sie ein: der Geruch nach Schminke, die stickige Luft, die gleißenden Scheinwerfer … und im Zuschauerraum: erwartungsvolle Spannung.

Doch dann sieht sie Jessis fragenden Blick, und mit einem Mal ist die Leere in ihrem Kopf verschwunden.

„Was ist? Wer ruft mich?", fragt sie und vergisst Scheinwerfer und Zuschauerraum.

Jetzt *ist* sie Julia.

„Die Balkonszene, darauf freue ich mich so sehr!"

Aufgeregt zupft Becky an Tinas Ärmel. Die zeigt begeistert auf das Bühnenbild:

„Schau mal, der Hammer, oder?"

Für die Liebesszene wurde eine neue Leinwand auf die
Bühnenwand gehängt: eine überdimensionale Rose in
dunkel schillernden Rottönen.

Gleich wird Becky hoch auf den Balkon gehen: Um
den darzustellen, wurde einfach eine Leiter aufgestellt
und dann mit einer Art mobiler Wand als Balkongelän-
der verkleidet.

Und da wird sie nun stehen und erzählen, dass sie sich
in Romeo verknallt hat, während der praktischerweise
zufällig unter dem Balkon steht und vor Freude ganz außer sich ist.

Eigentlich ganz schön peinlich, aber im Stück wirkt es
wunderschön. Und außerdem wissen die beiden wenigs-
tens, was der andere fühlt oder denkt: keine Treffen und
kein Warten, bis einer mal den Mund aufmacht.

Andererseits – so richtig gut läuft es bei denen ja am
Ende auch nicht …

Wie vereinbart geht Becky die Treppe hinauf und stellt sich in Position, während sie sich mit einer Hand am Geländer festhält.

Der große Spot wird auf sie gesetzt, und ein etwas schwächerer Spot auf Jo: So ist unübersehbar, dass er dort heimlich steht und lauscht. Der Vorhang geht wieder auf, und alles läuft wie am Schnürchen.

Sie schmachtet und ruft in die Ferne: „Romeo!"

Und der blickt mit genauso schmachtendem Blick zu ihr auf den Balkon und fragt leidenschaftlich: „Wer ruft meinen Namen, ist es meine Liebe? Keine Musik klingt so süß, als die Stimme meiner Geliebten durch die Nacht hin dem Liebenden!"

Becky-Julia hält ihre Hand ans Herz und legt wirklich alles Gefühl in ihre nächsten Worte: „Romeo, oh mein Romeo!" Jetzt kommt Jos Einsatz, und da passiert etwas Seltsames: Becky sieht direkt in seine Augen und er in ihre. Die Zeit scheint einen Moment lang stillzustehen, während Ruhe über dem Zuschauerraum liegt.

„Rebecca, oh meine ... Julia!"

Totenstille! Dann donnert spontan Applaus durch die Reihen. Becky wird zwar mindestens so rot wie die Rose auf dem Bühnenbild, aber das ist ihr diesmal piepegal!

Jo lacht, fährt sich verlegen durch die Haare und sagt

nur gerade so laut, dass sie es hören kann: „Das will ich dir schon lange sagen, ich wusste nur nicht, wie!"

Und Beckys Zweifel sind wie weggeblasen, sie könnte die ganze Welt umarmen.

Der Aufruhr legt sich, und das Stück läuft ohne weitere Schwierigkeiten nach Plan weiter. Die Eltern der beiden Liebenden klagen und jammern und endlich sehen sie ein, dass sie mit ihrer sturen Haltung und Feindseligkeit die eigenen Kinder ins Unglück gestürzt haben.

Dann ist die Schlussszene vorbei, und in den Zuschauerreihen brandet begeisterter Applaus auf.

„Los, raus zum Verbeugen!"

Swobl scheucht erst alle zusammen, dann einzelne Grüppchen auf die Bühne. Mit Jo an ihrer Seite geht auch Becky noch einmal auf die Bühne. Der Beifall scheint nicht enden zu wollen, fast scheint es, als würde er in dem Moment sogar noch lauter, und sie verbeugen sich ein letztes Mal.

Becky weiß: Diesen Moment wird sie nie vergessen.

Hinter der Bühne schaut Becky Swobl erwartungsvoll an. Ihr hat es riesigen Spaß gemacht, aber war sie gut genug?

Doch ihre Bedenken sind umsonst, Swobl kommt zu ihr und klopft ihr begeistert auf die Schulter.

„Respekt! Das war einfach super, Becky! Klasse! Und das ohne Proben!"

Jetzt taucht Tina auf, und auch ihr zwinkert Swobl stolz zu. „Na, da haben wir ja ein echtes Soufflier-Geheimtalent entdeckt – auch das will gekonnt sein!"

Becky staunt nicht schlecht, dass die sonst so toughe Tina richtig rot wird vor Freude über das Lob.

Dann fällt Tina ihr um den Hals: „Du warst echt die Beste!"

„Nein, du! Du warst superklasse. Ohne dich hätte ich das nie durchgestanden!", widerspricht Becky.

Auch Jo hat sich mittlerweile zu ihnen gesellt und schaut von einer zur andern. „Na ihr wart ja wohl beide spitze, ein echtes Super-Team, würde ich sagen!"

Sie grinsen sich alle drei an.

„Da sind unsere Eltern!", ruft Tina jetzt. „Mum, hallo – hier sind wir!"

Die kleine Gruppe bahnt sich ihren Weg, und Beckys Vater erreicht sie als Erster. Er nimmt Becky ganz fest in die Arme. „Respekt, das hast du wirklich super gemacht!" Dann schaut er zu Jo, der etwas ungelenk dort steht und nicht zu wissen scheint, wo er hinschauen soll.

„Haben wir dir die Eins in Mathe zu verdanken?" Ohne eine Antwort abzuwarten, fährt er fort: „Gratuliere, junger Mann, das war mal eine originelle Liebeserklärung", woraufhin sich Jo sofort sichtbar entspannt und lächelt.

Beckys Mutter ist weniger zurückhaltend. Sie reißt ihre Tochter in die Arme und erdrückt sie fast, dann nimmt sie auch noch Tina an ihre andere Seite.

„Du bist der kommende Stern am Schauspielerhimmel!", verkündet sie, und Onkel Charley ergänzt begeistert: „Die neue Catherine Zeta-Jones!"

„Wie ihr das gemeinsam geschafft habt ...", lobt auch Tinas Mum. „Aber eigentlich kein Wunder: Steinbock und Stier halt, ihr beide mit euren Hörnern!"

„Genau", bestätigt Tina lachend. „Aufgepasst, jetzt kommen wir!"

Onkel Charley schaut von Becky zu Jo, dann wendet er sich an die Runde: „Wie sieht's aus, gehen wir schon mal vor in den Saal und organisieren etwas zu trinken, während Julia sich umzieht?"

Er zwinkert Becky verschwörerisch zu, die sich darauf freut, mit Jo einen Moment alleine sein zu können. Tina schaltet auch sofort: Sie hakt sich bei ihrer Mum unter, und so setzt sich die kleine Gruppe in Bewegung.

Kaum sind sie ein Stück entfernt, greift Jo nach Beckys Hand.

„Hoffentlich war dir meine Spontanaktion eben auf

der Bühne nicht zu peinlich?" Fragend sieht er ihr in die Augen.

Doch bevor Becky antworten kann, platzt Tinas Mum dazwischen. „Bevor ich es nachher wieder vergesse ... Eines frage ich mich schon die ganze Zeit ..." Sie mustert Jo aufmerksam. „Sag mal, was bist DU eigentlich für ein Sternzeichen?"

Doch noch bevor er etwas sagen kann, drückt Becky ganz fest Jos Hand und antwortet an seiner Stelle: „Er? – Er ist Sternzeichen WUNDERVOLL!!!"

Liebe Claire,

danke für deine Glückwunschbrosche! Sie ist heil angekommen, und ich finde sie wunderhübsch! Jo übrigens auch, er meint sie würde super zu mir passen. Schmacht! :-)

Tina und ich freuen uns riesig auf nächste Woche. Das ist eine Superidee, Eva mitzubringen. Dann können wir in das neue abgefahrene Café gehen, und ich zeige dir, wo ich bald jobben werde, um für den Workshop an der Theaterschule zu sparen. Wird bestimmt nicht leicht, aber du weißt ja: Stiere kriegen, was sie wollen. :-)

Bis nächste Woche!

Becky

PS: Apropos Horoskop – mit Herz UND Verstand können dir die Sterne schnuppe sein, sagt Tina immer. Und weißt du was: Ich finde, sie hat eigentlich recht – Hauptsache, das Happy End stimmt!

Stier

21. April – 20. Mai
Element: Erde; Herrscher: Venus

Typisch Stier:

Als Stier-Girl bist du erdverbunden und stehst selbstbe-
wusst und mit beiden Beinen fest auf dem Boden. Deine
Ziele verfolgst du wie „ein rotes Tuch": mit Konsequenz,
Ausdauer und Geduld.
Doch bei aller Disziplin bist du auch gefühlsbetont und
lebensfroh. Verschwendung magst du überhaupt nicht,
genießt aber gerne die Annehmlichkeiten des Lebens. Du
liebst Regelmäßigkeit, überdenkst alles gründlich und
verarbeitest es in Ruhe. Im gemütlichen Heim, bei deiner
Familie und mit deinen Freunden schaffst du dir eine
angenehme, behagliche Atmosphäre, in der du dich sicher und geborgen fühlen kannst. Du bist hilfsbereit,
pflichtbewusst und sehr ehrlich. Deine Freunde haben
dich gern um sich, auch weil man dir Probleme anver-
trauen kann, ohne Angst haben zu müssen, dass du sie
weitererzählst.

Die dunkle Seite:

Ähnlich wie ein Stier willst auch du mit den Hörnern
durch die Wand. Bedenke, dass deine Zielstrebigkeit
unter Umständen zur Sturheit oder Verbissenheit geraten
kann. Setzt du deinen „Dickkopf" nicht durch, kannst du
sehr emotional reagieren und ganz schön aufbrausend
sein. Da du es dir gerne kuschelig machst und eine echte

Genießerin bist, könnte die Gefahr bestehen, dass es ein bisschen zu bequem wird: Faultieralarm! Als echter Gewohnheitsmensch fällt es dir nicht immer leicht, dich auf neue Menschen, Probleme oder Situationen einzustellen.

 Stier-Stars:

Jessica Alba, Kirsten Dunst, George Clooney, Michelle Pfeiffer, Janet Jackson, Barbara Streisand, Cher, Queen Elisabeth von England, Audrey Hepburn, Andre Agassi, Thomas Gottschalk, Dave Gahan, Udo Lindenberg, Jack Nicholson, Al Pacino, Pierce Brosnan, William Shakespeare, Salvador Dali

 Stier in Love:

In Sachen Liebe sind Stiere typischerweise geradlinig: Spielchen liegen ihnen nicht. Auch wenn du manchmal flirtest – dein Herz verschenkst du nicht leichtfertig! Sicherheit und Stabilität sind dir extrem wichtig, in einer Partnerschaft erweist du dich als treu und zuverlässig, und das Gleiche erwartest du selbstverständlich von deinem Freund. Solltest du an seiner Aufrichtigkeit zweifeln, kannst du extrem eifersüchtig reagieren.

Will ein Junge ein Stier-Girl erobern, muss er beweisen, dass er etwas auf dem Kasten hat, zielstrebig ist und weiß, was er will, nämlich DICH. Auf Herzensbrecher stehst du nicht. Nur wer fürsorglich und liebevoll ist, hat bei dir eine Chance.

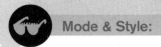

Mode & Style:

Du trägst, was dir steht und deine Persönlichkeit unterstreicht, ohne ständig dem neuesten Modetrend hinterherzuhecheln. Beim Shopping versuchst du, dein Geld so lohnend wie möglich anzulegen und legst dabei Wert auf Qualität: lieber ein edles Stück als zehn Schnäppchen. Dein Stil ist zwar feminin, aber trotzdem geradlinig. Modische Experimente überlässt du lieber anderen. Besonders gerne trägst du Schmuck wie Ringe oder Ohrringe, vor allem Halsketten. Dein Edelstein ist der Smaragd.

Farben: Brauntöne wie Beige oder Mocca, Terrakotta oder mattes Orange, alle Grüntöne, vor allem Olive oder Dunkelgrün unterstreichen deinen Typ.

Tipp: Dein klarer Style kann leicht etwas streng wirken. Peppe deinen Look mit verspielten Accessoires auf.

Der Stier-Junge

Der Stier-Junge hat für flüchtige Liebesabenteuer wenig übrig. Seine Stärken sind tiefe, innige und stille Gefühle. So wird er nicht im Sturm erobern, sondern zeigt sich zärtlich, kuschelig und romantisch. Er ist ein echter Kavalier, der für seine Herzensdame kämpft und sie beschützen möchte. Wenn er sich einmal festgelegt hat, wird er mit seiner Angebeteten durch dick und dünn gehen.

Will man einen Stier-Jungen für sich gewinnen, sollte man ihm ehrlich und treu zur Seite stehen, das bietet ihm die Geborgenheit, die er sich wünscht. Er will spüren, dass er für seine Freundin der Fels in der Brandung ist.

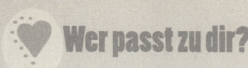

Wer passt zu dir?

Widder (21.3.-20.4.)	Waage (24.09.-23.10.)
Stier (21.4.-20.5.)	Skorpion (24.10.-22.11.)
Zwillinge (21.5.-21.6.)	Schütze (23.11.-21.12.)
Krebs (22.6.-22.7.)	Steinbock (22.12.-20.1.)
Löwe (23.7.-23.8.)	Wassermann (21.1.-19.2.)
Jungfrau (24.8.-23.9.)	Fische (20.2.-20.3.)

 Widder:

Herausforderung! Du suchst nach Verlässlichkeit und Sicherheit, der typische Widder braucht hingegen Abwechslung und neue Herausforderungen. Gegensätze können sich zwar anziehen, aber nach anfänglicher Begeisterung auch zum echten Beziehungskiller werden. Dein Widder-Junge wird versuchen, dich mit seiner neugierigen Art aus der Reserve zu locken. Wenn seine Begeisterung dich ansteckt und du ihm dafür eine Portion von deiner Beständigkeit abgibst, könntet ihr euch gut ergänzen.

Eroberungstaktik: Zeig dich von deiner romantischen Seite, dann ändere die Taktik und spiele die Unnahbare!

 Stier:

Hoher Glücksfaktor! Als Doppelstier-Pärchen habt ihr euch gesucht und gefunden: In Bezug auf Ansichten und Wertevorstellungen seid ihr euch einig. Beide praktisch und geradlinig, könnt ihr eure Ziele immer erreichen. Aber

Achtung: Sollte Streit aufkommen, dann rappelt es in der Kiste, da ihr beide sehr emotional werden könnt und selbstredend versuchen werdet, euren Kopf durchzusetzen. Passt auf, dass es gemeinsam nicht zu bequem und gemütlich wird, sonst ist Langeweile angesagt!

Eroberungstaktik: Sei geduldig, bleib am Ball, ohne zu bedrängen, vermeide nervendes Nachtelefonieren!

 Zwillinge:

Herausforderung! Dein Traumtyp soll verlässlich und bodenständig sein. Das kann ein Zwillinge-Boy nicht wirklich bieten. Typischerweise zeigt er sich als ruheloser Geist, der ständig Neues sucht. Er plant gerne und beginnt Projekte, doch was er anfängt, bringt er – im Gegensatz zu dir – nicht immer zu Ende. Wenn du es schaffst, seine Art zu akzeptieren und das Ganze als eine Art „Abenteuertrip" zu sehen, kannst du einem Zwillinge-Jungen Zielstrebigkeit und Bodennähe vermitteln, während er dir Abwechslung und Aufregung bietet.

Eroberungstaktik: Lass ihm seinen Freiraum, sei spontan und fantasievoll!

Krebs:

Kosmisches Traumteam! Die zärtlich-romantische Art des Krebses erobert dich im Nu, und da er dir auch noch Beständigkeit bieten kann, wird er dich nicht nur am Anfang eurer Beziehung auf Händen tragen. Ihr könnt euch gegenseitig die Zuneigung und Sicherheit geben, die ihr zum Glücklichsein braucht.

Dabei wird es trotzdem nicht langweilig werden. Zwar kann ein Krebs-Boy manchmal launenhaft reagieren, doch das bekommst du spielend in den Griff.

Eroberungstaktik: Lade ihn zu einem romantischen Essen ein!

♥ Löwe:

Vorsicht! Wer hat hier die Hosen an? Der Löwe liebt seine Freiheit und könnte sich von deinen festen Vorstellungen und Prinzipien zu sehr eingeengt fühlen. Da stehen Machtkämpfe auf dem Programm! Wollt ihr eine Chance haben, müssen viele Verhandlungen geführt werden, und da der Löwe für seinen Willen mindestens so hart kämpft wie du, wird letztlich einer von euch nachgeben müssen.

Eroberungstaktik: Zeig ihm deine Bewunderung!

♥ Jungfrau:

Hoher Glücksfaktor! Ihr seid beide sehr praktisch und bodenständig veranlagt. Ihr teilt das Bedürfnis nach Sicherheit und spart auch gerne. Spontaneität oder Aufregung werdet ihr nicht vermissen, euch sind Behaglichkeit und Ruhe wichtiger. Ein Junge mit dem Sternzeichen Jungfrau ist meist noch etwas realistischer als du, was auf dich vielleicht kühl wirkt. Bringe ihm etwas mehr Romantik bei!

Eroberungstaktik: Geh nicht zu überschwänglich mit Liebesbekundungen um!

♥ Waage:

Herausforderung! Ihr steht beide im Zeichen der Venus, trotzdem halten sich eure Gemeinsamkeiten in Grenzen. Im Alltäglichen bist du bodenständiger und praktischer; der Waage-Junge nervt dich manchmal mit allerlei Ansprüchen. Problematisch kann es werden, wenn ihr jedem Streit aus dem Weg geht, weil ihr hofft, dass der andere auch ohne Ansage weiß, was man gerade will. Handelt klare Regeln aus und verzichtet für den anderen auch mal auf etwas!

Eroberungstaktik: Zeige Interesse an seinen Ideen und Vorschlägen.

 Skorpion:

Herausforderung mit Glücksfaktorchance! Ihr seid wahrscheinlich nicht auf der gleichen Wellenlänge, obwohl ein Skorpion-Boy ebenso wie du zielstrebig ist und seine Pläne mit aller Macht verfolgt. Trotzdem: Es knistert, und ihr versucht, euch gegenseitig zu erobern. Das bringt Leidenschaft und kann spannend werden. Aber Achtung! Wird der leidenschaftliche Skorpion mit einer deiner Eifersuchtsattacken konfrontiert, steht Drama auf dem Programm. Schafft ihr es, euer Temperament zu zügeln, könntet ihr eine sehr aufregende Zeit erleben.
Eroberungstaktik: Zeige dich rätselhaft und mache ihn nicht eifersüchtig!

 Schütze:

Herausforderung! Im Gegensatz zu dir fehlt einem Schütze-Boy der feste Boden unter den Füßen. Er ist eher intellektuell, wälzt gerne Probleme, die du als praktisches Stier-Girl lieber direkt lösen würdest. Trotzdem! Wenigstens zeitweise kann er mit seiner Vielschichtigkeit dein Leben interessanter machen. Langfristig brauchst du jedoch Geduld und wirst lernen müssen, ihn so nehmen, wie er ist, ohne ihn ändern zu wollen.
Eroberungstaktik: Versuche, viel zu lesen, damit du mitreden kannst, und zeige Interesse für seine Gedanken!

 Steinbock:

Hoher Glücksfaktor! Ihr habt super Voraussetzungen für

eine dauerhafte Partnerschaft, denn ihr seid beide diszipliniert und ergänzt euch perfekt in euren Wünschen nach Sicherheit, Treue und Fürsorge. Manchmal bist du vielleicht gefühlsbetonter und leidenschaftlicher als der ernsthafte und vernünftige Steinbock. Doch: Don't panic! Als echtes Stier-Girl mit viel Ausdauer stehen deine Chancen gut, auch ihm beizubringen, wie man mehr Gefühle zum Ausdruck bringt.

Eroberungstaktik: Mache ihm Komplimente!

Wassermann:

Vorsicht! Feuer und Wasser im wahrsten Sinne des Wortes: Du stehst fest auf dem Boden der Tatsachen und verfolgst leidenschaftlich deine Ziele. Typische Wasser-Jungs hingegen lassen sich gerne von Abenteuern ablenken und „verschwimmen" sich regelmäßig in neuen Ideen und Vorstellungen. Eine Chance hast du, wenn du dennoch wie ein Fels in der Brandung für ihn da bist.

Eroberungstaktik: Wecke seine Neugier, vertrete deine Meinung!

Fische:

Kosmisches Traumpaar! Glückwunsch! Der Fische-Junge wird mit seiner zärtlich-romantischen Art dein Herz im Sturm erobern. Ihr genießt beide Ruhe und Bequemlichkeit. Auch wenn ein klassischer Fisch im Gegensatz zum Stier eher sorglos in den Tag hineinlebt, passt ihr super zusammen, denn er findet es prima, dass du gerne die Führung in eurem Team übernimmst.

Eroberungstaktik: Zeig dich romantisch, wirf ihm verträumte Blicke zu!

Du willst noch mehr wissen?

- www.kostenlos-horoskop.de   - www.noeastro.de
- www.astrologie.de   - www.astroservice.com
- www.chinesische-astrologie.de

Aszendent

Dein Charakter wird nicht allein vom Sonnenzeichen geprägt. Auch der Aszendent ist ein wichtiger Faktor in deinem Horoskop. Er entspricht dem Tierkreiszeichen, das zum Zeitpunkt deiner Geburt am östlichen Horizont aufsteigt.

Der Aszendent bestimmt, wie du auf Fremdes oder Neues zugehst, wie du neue Aufgaben angehst und wie du dich auf unbekanntem Terrain verhältst. Er ist verantwortlich für dein Verhalten und die Eigenschaften, die andere zuerst an dir wahrnehmen.

Für die Berechnung deines Aszendenten mithilfe der Tabelle brauchst du nur Datum und Uhrzeit deiner Geburt. Achtung: Bei Sommerzeit eine Stunde abziehen!

Aszendenten-Tabelle

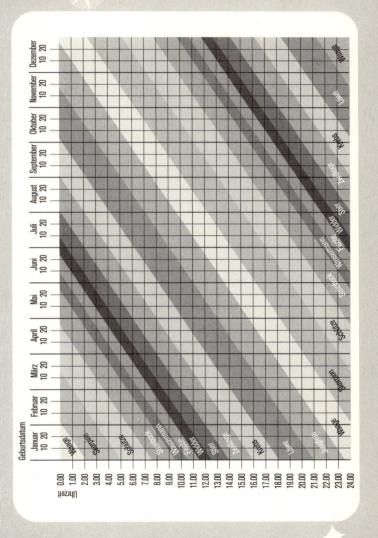

ISBN 978-3-505-12431-0

ISBN 978-3-505-12445-7

ISBN 978-3-505-12472-3

ISBN 978-3-505-12473-0

www.schneiderbuch.de

EGMONT
Verlagsgesellschaften

Schneider
Buch

Meine Hollywood-Geheimnisse
Aus dem Leben eines „It-Girls"

Kaitlin Burke kennt sich aus in Hollywood. Sie ist 16, Teenie-Star und „It-Girl". Aber manchmal wächst ihr der Starrummel über den Kopf. Ein ganz normales Leben auf einer normalen Highschool wäre doch viel leichter. Aber als das „Projekt Schule" tatsächlich startet, merkt Kaitlin schnell, dass dies ihre schwierigste Rolle wird ...

ISBN 978-3-505-12380-1

ISBN 978-3-505-12381-8

Insider-Geheimnisse aus Hollywood

www.schneiderbuch.de

EGMONT
Verlagsgesellschaften

Schneider Buch

Indras Traum

Ein Mystery-Roman

Wieder und wieder derselbe Traum. Jemand schreit nach ihr, braucht ihre Hilfe, sofort! Das Knistern gieriger Flammen, ein hässliches Lachen. Und dann der Schatten. Ein Schatten mit einer Tätowierung, die sich über seinen unbekleideten Oberkörper zieht. „Schön, dass du endlich da bist", hört Indra ihn sagen. „Ich habe auf dich gewartet."
Die 16-jährige Indra verdrängt ihre Albträume – so lange, bis sie Wirklichkeit werden. Ein Unbekannter überfällt sie beim Joggen, später findet sie ihr Zimmer verwüstet vor. Kurz darauf begegnet sie bei einem Rockkonzert dem dämonischen Than, Leadsänger der *Devil's Slaves*. Er ist der Unbekannte aus Indras Albtraum ...

ISBN 978-3-505-12432-7

Vorsicht, Hochspannung!

www.schneiderbuch.de

EGMONT
Verlagsgesellschaften

Schneider
Buch